Jakob Hein
Herr Jensen steigt aus

Zu diesem Buch

Herr Jensen arbeitet bei der Post. Sorgfältig, beinah liebevoll pflegt er seine Zustellungen in die Schlitze der Briefkästen zu schieben. Arbeitet Herr Jensen nicht, denkt er über die geheimen Jagdgründe der Frauen nach, über den unerkannten Sinn unseres Fernsehprogramms oder über die Schwerkraft. Für ihn hätte das Leben immer so weitergehen können. Eines Tages allerdings wird Herr Jensen von seiner Arbeit freigestellt, um allgemeine Freistellungen vermeiden zu können, wie sein Vorgesetzter Boehm ihm zu erklären versucht. Wenig später schon stellt Herr Jensen fest, daß man einen Wecker, der nicht mehr wecken muß, eigentlich Uhr nennen sollte. Immer seltener verläßt er seine Wohnung. Denn nun ist er einer ganz großen Sache auf der Spur, nur entdecken darf ihn dabei keiner ... »Ein Roman, dem es an Schlichtheit, Aktualität und Wahrheit ebenso wenig mangelt wie an gekonnt inszenierter Komik, die der Autor mit einem finalen Erschrecken zu versiegeln weiß.« (Die Zeit)

Jakob Hein, geboren 1971 in Leipzig, wuchs in Berlin auf und lebt heute dort als praktizierender Arzt mit seiner Frau und seinen beiden Söhnen. Nach den Bestsellern »Mein erstes T-Shirt« und »Formen des menschlichen Zusammenlebens« erschienen von ihm sein autobiographisches Familienporträt »Vielleicht ist es sogar schön«, »Herr Jensen steigt aus«, »Gebrauchsanweisung für Berlin« und zuletzt »Antrag auf ständige Ausreise«.

Jakob Hein

Herr Jensen steigt aus

Roman

Piper München Zürich

Von Jakob Hein liegen bei Piper im Taschenbuch vor:
Mein erstes T-Shirt
Formen menschlichen Zusammenlebens
Vielleicht ist es sogar schön
Herr Jensen steigt aus
Antrag auf ständige Ausreise

Mix
Produktgruppe aus vorbildlich bewirtschafteten
Wäldern und anderen kontrollierten Herkünften
www.fsc.org Zert.-Nr. GFA-COC-1223
© 1996 Forest Stewardship Council

Ungekürzte Taschenbuchausgabe
Dezember 2007
© 2006 Piper Verlag GmbH, München
Umschlag: Büro Hamburg, Heike Dehning, Stefanie Levers
Bildredaktion: Alke Bücking, Charlotte Wippermann,
Daniel Barthmann
Umschlagabbildung: Holger Scheibe / Zefa / Corbis
Autorenfoto: Nelly Rau-Häring
Satz: Filmsatz Schröter, München
Papier: Munken Print von Arctic Paper Munkedals AB, Schweden
Druck und Bindung: Clausen & Bosse, Leck
Printed in Germany   ISBN 978-3-492-25076-4

www.piper.de

001

Herr Jensen wird vorgestellt

Der Brief in seiner Hand war wie üblich nicht für ihn. Herr Jensen strich mit dem Umschlag knapp unterhalb der Schlitze über die Türen der Briefkästen, so daß sich das vordere Drittel des Umschlags an die Metallgehäuse drückte. An jeder Lücke zwischen zwei Kästen gab es einen kleinen Sprung, und das Adreßfeld schien vor seinen Augen leicht zu tanzen. Dabei murmelte Herr Jensen immerfort den Namen auf dem Briefumschlag fast unhörbar vor sich hin. Stimmte der Name in dem Adreßfeld schließlich mit dem Namen auf dem Kasten überein, murmelte Herr Jensen diesen Namen ein klein wenig lauter. »Meyer, Meyer, Meyer, Meyer ... MEYER!« Dann schob er den Brief durch den Schlitz in den Kasten und nahm den nächsten Brief zur Hand. Das war sein System, das System Jensen.

Schon seit mehr als zehn Jahren stellte Herr Jensen im gleichen Viertel die Post zu. An den Tagen, an denen er die Ratgeberzeitschriften in die Briefkästen warf, dachte er jedesmal, daß andere mehr

Sorgfalt auf die Wahl ihrer Waschmaschine verwendeten, als er das bei der Wahl seines Berufs getan hatte. Wenn seine Mitschüler früher davon geredet hatten, daß sie später Berufsfußballer, Rockstars oder Robotertechniker werden wollten und mit ernsthafter Miene ihre Chancen und Möglichkeiten diskutierten, man mußte nicht in der ersten Liga spielen, auch in der zweiten wurden Leute gebraucht, dann konnte Herr Jensen nicht mitreden. Er hatte keinen Traumberuf. Er ging jeden Tag in die Schule, weil man das mußte, und er hatte die vage Vorstellung gehabt, daß es immer so weitergehen würde.

In den Sommerferien zwischen der achten und der neunten Klasse arbeitete er zum ersten Mal bei der Post. Den Job hatte er damals über Matthias Gertloff aus seiner Klasse bekommen. Herr Jensen allein hätte überhaupt nicht gewußt, wie er sich nach einem Ferienjob auch nur hätte erkundigen sollen. Aber eines Tages verkündete Matthias, daß er einfach zur Post gegangen sei, eine Bewerbung abgegeben habe und nun im Sommer dort jobben werde. Bald darauf gab Herr Jensen eine Bewerbung bei der Post ab.

Als der Job dann anfing, arbeiteten Matthias und er in verschiedenen Bereichen, so daß man sich selten sah. Matthias hatte sich in die Paketabteilung setzen lassen, weil dort öfter mal etwas abfiel, wie er grinsend meinte. Bei Herrn Jensen fiel nichts ab, er holte morgens seine Post ab, verteilte sie in die entsprechenden Briefkästen und fertig. Das war besser, als in den Ferien zu Hause herumzusitzen, und er bekam am Ende sogar noch Geld dafür.

Im folgenden Frühjahr ging Herr Jensen wieder zum selben Büro und bewarb sich für den Sommer. Er hatte immer noch keine Ahnung, wo sonst man sich nach einem Ferienjob erkundigen sollte.

Er kannte die, die kannten ihn, er konnte wieder bei der Post arbeiten. Später, als Student, hatte er den Job natürlich auch nicht aufgegeben, wo er so gut eingearbeitet war und das Geld noch besser gebrauchen konnte. Und als Herr Jensen mit dem Studium dann so abrupt aufhörte, wie andere sich das Rauchen abgewöhnen, brauchte er das Geld noch dringender. Und genau deshalb trug er inzwischen schon seit mehr als zehn Jahren hier die Post aus.

Matthias, der machte längst etwas anderes. Der hatte damals nicht einmal in den Sommerferien darauf wieder bei der Post gearbeitet. Das ist mir dann doch zu langweilig, hatte er zu Herrn Jensen gesagt und in irgendeinem Hotel in den Bergen gekellnert. Hätte Matthias rechtzeitig etwas gesagt und ihn damals mitgenommen, möglicherweise würde Herr Jensen jetzt dort ein Tablett voller Kaffeetassen auf die Terrasse tragen.

»Düring, Düring, Düring, Düring, ... DÜRING!«

Mitnehmen war ein wichtiges Thema für seine Mutter. Frau Jensen war der Ansicht, daß ihr Sohn schon immer jemanden gebraucht habe, der ihn mitnahm, in jeder Hinsicht. Du bist nicht einmal im Hochsommer allein ins Freibad gegangen, wenn nicht auch jemand anderes dorthin ging. Wenn du in der Schule mit einem schlechten Schüler befreundet warst, hattest du die zweitschlechtesten Noten, warst du mit dem Klassenbesten befreundet, warst du der Zweitbeste, sagte sie. Aber das bildete sie sich nur ein. Herr Jensen war niemals der Zweitbeste oder der Zweitschlechteste bei irgendwas gewesen. Außerdem hatte Herr Jensen an dieser Stelle immer gedacht, daß er ohnehin nie besonders viele Freunde gehabt hatte. Er war zufrieden damit gewesen, sich unbehelligt im Mittelfeld aufzuhalten, ohne daß ihn jemand störte. Als Kind hatte er viele Selbstgespräche geführt, so daß sich die anderen oft über ihn lustig machten. In späteren Jahren bekam er das Problem der Selbstgespräche besser in den Griff, er ließ die anderen nicht mehr merken, wenn er mit sich selbst sprach. Aber neue Freunde gewann er dadurch auch keine. Herr Jensen nahm an, daß er einfach den richtigen Zeitpunkt dafür verpaßt hatte. Wer in der Grundschule keine Freunde gefunden hatte, der fand wahrscheinlich so schnell keine mehr.

Jedenfalls dauerte es nie lange, bis Frau Jensen auf den eigentlichen Punkt ihrer Rede kam, nämlich daß ihr Sohn wohl auch darauf hoffte, daß ihn jemand zu einer Frau mitnehmen würde. Worauf wartest du nur? Glaubst du, daß irgendwann einmal einer von deinen Freunden kommt und sagt, heute gehen wir mal nicht ins Kino, heute werde ich dich mal mit deiner zukünftigen Frau bekannt machen. Das glaub mal nicht. *Ich* kann auch nicht losgehen und jemanden für dich aussuchen. Du mußt dir selbst etwas einfallen lassen, beschwor sie ihn. Seine Mutter war der Überzeugung, daß Menschen im allgemeinen und sie im besonderen nur aus einem Grund Kinder in die Welt setzten: um baldmöglichst Enkelkinder zu bekommen, und daß alles dazwischen nur der unvermeidliche, entbehrungsreiche und qualvolle Weg zu diesem Ziel war. Weil Herr Jensen das einzige Kind seiner Eltern war, konnte er diese Bürde, von der seine Mutter im Verlauf der Zeit immer eindringlicher sprach, auch mit niemandem teilen.

Der alte Herr Jensen saß in seinem Sessel und sagte dankenswerterweise meistens nichts. Gelegentlich verschwand er in der Küche und holte zwei Flaschen Bier, von denen er eine wortlos seinem Sohn reichte. Dann setzte er sich wieder hin. So dankbar der junge Herr Jensen seinem Vater für dieses Schweigen war, so genau wußte er, daß auch sein alter Herr von ihm enttäuscht war. Als er damals mit dem Studium angefangen hatte, schien es, als würde der Brustumfang seines Vaters um mehrere Zentimeter wachsen. Der alte Herr Jensen hatte sich dann bei jedem Besuch seines Sohnes ausführlich über den Fortgang des Studiums erkundigt und sogar seiner Frau den Mund verboten, wenn die wieder von irgendwelchen Frauengeschichten anfangen wollte. Er hatte nie viele Ideen in bezug auf seinen Sohn gehabt, aber doch den Wunsch, daß er unbedingt einmal studieren sollte. Der alte Herr Jensen selbst hatte nur das Abitur machen dürfen, bevor er im Betrieb seines Vaters angefangen hatte. Die Zeiten seien andere gewesen.

Jensen Hydraulik KG hatte Hydraulikzylinder für Großfahrzeuge hergestellt. Hydraulikzylinder für Dreiseitenkipper, Hochlöffelbagger und Planierraupen. Große, mit Hydrauliköl gefüllte, kommunizierende Röhrensysteme, die abhängig von ihrer Größe so ziemlich jede Last nach oben drücken konnten. Die Firma *Jensen Hydraulik* hatte einen Namen auf dem Markt. Aber die Konkurrenz aus Asien war im Lauf der Jahre erdrückend geworden. Ihre Preise konnte *Jensen Hydraulik* nicht unterbieten. Der alte Jensen war ein zu guter Geschäftsmann, um auch nur daran zu denken, seinem Sohn die Firma zu übergeben. Er schloß *Jensen Hydraulik*, als sie anfing, unrentabel zu werden. Dadurch hatte sein Ruhestand zwar ein paar Jahre früher als geplant eingesetzt, aber der alte Herr Jensen bewahrte sich und seine Familie damit vor einem finanziellen Verlust. Falsche Sentimentalität war ihm fremd.

Um so interessierter war er nun daran gewesen, daß der Junge studierte. Nach dem Studienabbruch schien der Vater schlagartig um zehn Jahre gealtert und um zwei Zentimeter geschrumpft zu sein. Seitdem saß er nur noch in seinem Sessel und brachte seinem Sohn gelegentlich ein Bier. Er trank in kleinen Schlucken aus seiner Tulpe, und er trank niemals viel. Er hielt das Glas beim Eingießen etwas schräg und zum Schluß ganz senkrecht, damit eine kleine Blume auf dem Bier entstand. Es schien beinahe, als wolle er sich die Zeit vertreiben, während seine Frau auf seinen Sohn einredete, der seinerseits aus der Flasche trank.

Herr Jensen hatte damals kein Ziel verfolgt mit dem Abbruch seines Studiums. Es war einfach passiert. Er hatte in dem betreffenden Sommer wie immer bei der Post gearbeitet, und eines Tages war ihm aufgefallen, daß in einer Woche die Frist für die erneute Anmeldung an der Universität ablaufen würde. Herr Jensen holte sich sogar noch am selben Tag das dicke Kursbuch und fing an, sein nächstes Semester zu planen. Aber zwei Kurse, die er belegen wollte, fanden zur gleichen Zeit statt, deshalb war er mit seiner Planung nicht weitergekommen, die Woche war verstrichen, und schließlich hatte er auch die Nachmeldefrist verpaßt.

Es war für ihn jedes Halbjahr eine Qual gewesen, sich seine Kurse zusammenzusuchen. Es gab genaue Vorschriften, welche Kurse ein Student seines

Faches für einen erfolgreichen Abschluß absolvieren mußte. Aber wenn das klar war, warum mußten sie sich trotzdem zweimal im Jahr einen eigenen Stundenplan basteln und mit anderen um die Kursplätze konkurrieren, fragte sich Herr Jensen. Warum gab man ihm nicht zweimal im Jahr einen Stundenplan, so wie das in der Schule gemacht wurde? Grundkurs Biochemie, Einführung in die Thermodynamik, Algebraische Geometrie, Hegelianische Logik. Herr Jensen hatte sich einfach einmal zu oft durch das dicke Buch quälen müssen. Er gab auf. Als das Schreiben der Universität kam, in dem ihm offiziell seine Exmatrikulation mitgeteilt und er ausführlich über sein Einspruchsrecht gegen diesen Beschluß informiert wurde, nahm Herr Jensen den dicken Aktenordner, in dem er alle Studienunterlagen abheftete, aus dem Regal, faltete das Schreiben in der Mitte, lochte es sorgfältig und heftete es mit den anderen Studienunterlagen ab. Es blieb das letzte Schriftstück, das in diesen Ordner kam.

Im Grunde war Herr Jensen damals erleichtert gewesen. Das einzige, was ihn bedrückte, war, daß er seinem Vater von der Exmatrikulation berichten mußte. Denn warum er studierte, war Herrn Jensen selbst nie klar gewesen. Lustlos hatte er in den Seminaren gesessen und die empfohlene Literatur gelesen. Die Formeln der Naturwissenschaftler waren ihm fremd geblieben. Trotz aller Experimente, die vorgeführt wurden oder die er in den Praktika selbst machen mußte, blieben die Formeln für ihn nur Tinte auf kariertem Papier. Ob der eine Buchstabe und der andere Buchstabe miteinander zu multiplizieren oder voneinander zu subtrahieren waren, ob Natrium und Molybdän miteinander einen neuen Stoff bildeten oder ohne jegliche Reaktion aneinander vorbeiflossen, alles mußte er auswendig lernen. Seinen Mitstudenten schien es anders zu gehen. Gespannt lauschten sie der Vorlesung und diskutierten mit Feuereifer strittige Fragen. Selbst in die Atome und Moleküle schienen sie sich hineinversetzen zu können, weil sie schon beim Anblick der mit Kreide an die Tafel geschriebenen Summenformeln errieten, welche chemische Reaktion folgen würde. Herr Jensen war ihnen dankbar, daß sie sich so unermüdlich meldeten und mitdiskutierten, weil er dadurch in Ruhe gelassen wurde, aber er verstand weder seine Mitstudenten noch die Atome.

Schlimmer war nur der Grundkurs Philosophie gewesen, den er aus Neugier zu Beginn des Studiums gewählt hatte, weil er genau zwischen zwei Pflichtvorlesungen stattfand und Herr Jensen ohnehin nichts Besseres zu tun gehabt hatte. Er las dort den ersten alten Griechen, der die Welt sehr schön erklärte. Es gab Moral, moralisch richtiges und moralisch falsches Handeln. Es gab den wertvollen Menschen, der durch sein Handeln bestimmt war.

Genau aus diesem Grund hatte Herr Jensen diesen Kurs belegt. Wenn ein kluger Mensch über die Schwerkraft nachdachte und dann eine allgemeingültige Formel entwickelte, dann mußte es doch auch möglich sein, daß jemand über die Welt nachdachte und dann ein Buch darüber schrieb, das zum Beispiel Herr Jensen lesen und damit die Welt verstehen konnte. Doch gleich nach jenem ersten Griechen war der zweite Grieche gekommen, der zwar auch eine sehr schöne Erklärung für die Welt präsentierte, die plausibel und richtig klang, aber vollkommen anders als die Erklärung des ersten Griechen war. Sie hatten dann noch ein paar Römer und Franzosen durchgenommen, die alle andere Meinungen vertraten, und zum Schluß verstand Herr Jensen die Welt noch weniger als vorher. Ihr Dozent konnte oder wollte keine Empfehlung aussprechen, welcher der Herren recht hatte. In schriftlichen Arbeiten sollten sie eine Frage philosophisch diskutieren. Herr Jensen wußte, daß er kein Philosoph war, daher fühlte er sich von diesen Übungen überfordert. Er war froh, als das Semester vorüber war, und belegte danach ausschließlich naturwissenschaftliche Kurse, in denen er sein Unverständnis durch Auswendiglernen ausgleichen konnte.

Aber warum er sich das Gehirn mit diesen Fakten verstopfen sollte, verstand er deshalb keineswegs. Wenn er sich irgendwann für den spezifischen

Wärmequotienten von Wasser oder die Induktionsstärke eines Magnetfeldes interessieren würde, würde er die Information schon irgendwo finden können oder notfalls jemanden fragen. Herr Jensen war überzeugt davon, daß er etwas viel Sinnvolleres mit seinem Gehirn machen konnte, er wußte nur noch nicht genau, was.

Wenn er hingegen die Post zustellte, dann war es absolut klar, daß er nichts machte, was sein Gehirn besonders beanspruchte. Briefe austragen war mit Sicherheit das Falsche. Das beruhigte ihn, denn so konnte er besser darüber nachdenken, worin die große Sache bestand, was das Richtige für ihn war, ohne durch etwas anderes abgelenkt zu werden.

Seine Eltern verkauften irgendwann ihr Haus und zogen in eine altersgerechte Wohnung in dem Ort in den Bergen, in dem sie mehr als zwanzig Jahre ihren Sommer- und Winterurlaub verbrachten. Dort gebe es gutes Essen, gute Luft und gute Kliniken, ein Traum, hatte seine Mutter gesagt. Sie schickten ihm einen Ausschnitt aus der Lokalzeitung, mit einem Foto, auf dem der Bürgermeister die Jensens mit Handschlag in ihrer neuen Wohnung willkommen heißt.

Herr Jensen hatte nichts gegen diesen Umzug. Das Haus war ihm egal, er hatte nie vorgehabt, dort einzuziehen. Kurz nachdem er damals mit dem Studium angefangen hatte, bot ein Kollege von der Post seine Wohnung am schwarzen Brett an. Zusammen mit seinem Vater ging er zur Besichtigung, weil er nicht gewußt hätte, worauf er achten sollte. Die Wohnung war nicht besonders groß und auch nicht besonders hell, aber die Miete war niedrig, die Post lag gleich um die Ecke, und Herr Jensen hatte schon lange den Reden seiner Mutter entkommen wollen. Sein Vater half ihm beim Umzug. Der kleine Laster, den sie gemietet hatten, war kaum halb voll, als sie alles, was Herr Jensen besaß, eingeladen hatten. Noch leerer sah die neue Wohnung aus, nachdem Herr Jensen seine Sachen aus den wenigen Kisten in die wenigen Möbelstücke sortiert hatte. Aber er war an jenem Abend sehr zufrieden gewesen und hatte sich keinen Grund vorstellen können, jemals wieder aus dieser Wohnung auszuziehen.

Der neue Wohnort seiner Eltern lag weit genug entfernt, und dort gab es keinen Platz für ihn. So konnte Herr Jensen die Besuche, die für ihn in letzter Zeit vor allem mit einem Gefühl peinlicher Berührtheit verbunden gewesen waren, auf ein Minimum reduzieren.

002

Herr Jensen bedenkt seine Orientierung

Im übrigen war es keineswegs so, daß Herr Jensen etwas gegen Frauengeschichten gehabt hätte. Im Grunde störte es ihn beinahe ebenso wie seine Mutter, daß es diese Frauengeschichten nicht gab. Aber er wußte einfach nicht, wo er anfangen sollte. Oder wie. Seine Freunde aus der Schule und die Kollegen lernten ständig Frauen kennen. Und fast täglich, so schien es Herrn Jensen, bildeten sich neue Paare unter den Studenten, Hand in Hand zogen sie in die Mensa oder küßten sich leidenschaftlich vor der Universität. Herr Jensen verspürte durchaus Neid beim Anblick solcher Szenen, aber vor allem fragte er sich, wo diese Paare herkamen. Gestern noch hatte ihm ein Mitstudent allein und grau in der Bibliothek gegenübergesessen, und schon am nächsten Tag hielt derselbe Student eine junge Frau in seinem Arm und strahlte von innen.

Herr Jensen unternahm einiges, um sich die Lösung seines Problems zu erschließen. Er las eine Menge Bücher zum Thema und betrachtete selbst die seichtesten Liebesfilme nicht als sinnlosen Zeitvertreib, sondern erhoffte aus jedem dieser Filme etwas über die Funktionsweise des menschlichen Miteinanders zu verstehen. Dennoch blieben offene Fragen. Warum ließen sich Frauen überhaupt auf Partnerschaften mit Männern ein? Wieso betonte jeder, daß Äußerlichkeiten keine Rolle spielten, obwohl sie doch das einzig verläßliche Auswahlkriterium waren? Wieso sollte man immer das genaue Gegenteil von dem sagen, was man dachte? In Gesprächen mit anderen versuchte Herr Jensen, möglichst beiläufig einige dieser Fragen einzustreuen, ohne aber jemals eine befriedigende Antwort zu erhalten.

Das Hauptproblem, so hatte er nach einiger Zeit geschlußfolgert, bestand darin, daß er keinen Frauen begegnete. Und bei diesem Problem halfen ihm keine Bücher oder Filme. Denn dort ging es ausnahmslos um die Frage, was alles passieren konnte, nachdem man eine Frau getroffen hatte. Für diesen Fall war Herr Jensen mittlerweile gerüstet. Er wußte genau, was er zu tun und was zu lassen hatte. Aber er begegnete keiner Frau. Natürlich traf er täglich Dutzende von Frauen, aber nie auf die Art und Weise, wie das für ein Kennenlernen notwendig gewesen wäre.

Auch verstand Herr Jensen nicht, wie die anderen ihre Frauen auswählten. Es gab seiner Einschätzung nach unendlich viele äußerst attraktive

Frauen, und er hätte nicht gewußt, wie er sich für eine von ihnen entscheiden sollte. Es gab wunderschöne schwarzhaarige Frauen mit dunklen Augen und großem Busen, und es gab ebenso wunderschöne blonde Frauen mit langen Beinen und schönen Händen. Wer konnte ihm sagen, welche die Richtige war? Schließlich konnte man nicht einfach auf eine von ihnen zugehen und fragen. Er kannte keine von ihnen näher, und am Ende würde seine Wahl möglicherweise auf die Falsche fallen. Keinesfalls wollte er seine Zeit mit der falschen Frau verschwenden, wo er doch jetzt schon so lange auf eine gewartet hatte. Nur wenn er abends allein in seiner Wohnung hockte, hätte er sich doch gefreut, wenn ihm wenigstens irgendeine Frau Gesellschaft geleistet hätte.

Es kam Herrn Jensen so vor, als gäbe es, ähnlich wie in den Märchen, die er in der Kindheit gehört hatte, irgendwo einen geheimen Jagdgrund, wo nachts die Frauen weideten. Eingeweihte schlichen sich im Schutz der Dunkelheit dorthin, wählten eine der Frauen aus, nahmen ihr vielleicht die Kleidung weg, eroberten sie und spazierten am nächsten Morgen mit ihr durch die Straßen. Aber niemand weihte ihn ein, wo sich dieser Jagdgrund befand. Selbstverständlich wußte Herr Jensen, daß dies seine eigene lächerliche und phantastische Theorie war, die nichts mit der Realität zu tun hatte. Trotzdem setzte sich dieses Bild vom Jagdgrund in seiner

Vorstellung fest. Es half ihm, seine Erfolglosigkeit auszuhalten. Wenn er über die Straßen ging und eine der wunderschönen Frauen so millimeternah wie unerreichbar an ihm vorüberlief, er mit reißender Sehnsucht ihre Haut roch, dann dachte er an den Jagdgrund und konnte entrückt in sich hineinlächeln.

Sicher hätte Herr Jensen gute Freundinnen haben können. Denn obwohl er nicht der richtigen Frau begegnete, war er doch mit einigen Frauen bekannt. Sie boten ihm gelegentlich an, gute Freundinnen von ihm zu sein. Nun hatte Herr Jensen im Grunde genommen nichts gegen eine gute Freundin. Du bist ganz anders. Mit dir kann man sich wie mit einer richtig guten Freundin unterhalten. Du kannst so gut zuhören, sagten sie zu ihm und meinten damit, daß Herr Jensen sie ohne zu unterbrechen reden ließ. Nicht selten jammerten sie ihm etwas über die anderen Männer vor, die niemals ihre beste Freundin werden würden, mit denen sie aber um so sicherer Beziehungen hatten. Herr Jensen ließ sie reden. Was hätte er auch sagen sollen? Er wäre lieber ein Freund gewesen als eine gute Freundin.

Immer verpaßte er den Punkt. Es lag wahrscheinlich daran, daß er zu lange abwartete. Herr Jensen wollte immer erst zuhören, alle wesentlichen Informationen sammeln und sich dann seine Strategie zurechtlegen. Das Zuhören und die Aufmerksamkeit liebten die Frauen. Aber offensichtlich liebten sie auch die Männer, von denen sie das nicht bekamen.

Bei einer einzigen Frau war es anders gewesen, obwohl Herr Jensen nicht verstanden hatte, was bei Sabine anders gelaufen war. Er hatte mit ihr ein Seminar in Strömungslehre besucht und die Wartezeit bis zur nächsten Veranstaltung häufiger zusammen mit ihr in dem Studentencafé im Foyer verbracht. Sabine hatte plötzlich gefragt, ob sie nicht mal zusammen ins Kino gehen wollten. Herrn Jensen traf diese Anfrage völlig unvorbereitet, doch er sagte rasch zu. Sabine war eine blonde Frau, die immer bedruckte T-Shirts trug und viel lachte. Nach seiner eigenen Einschätzung sah sie viel zu gut aus für ihn. Er ging davon aus, daß immer ein gewisses Gleichmaß zwischen zwei Partnern herrschen mußte, etwa gleich groß, etwa gleich schwer, etwa gleich schön. Verunsichert bezahlte er an diesem Tag beide Kaffees, weil er annahm, daß es so richtig war.

Nach dem Film wollte Sabine noch etwas trinken gehen und hatte ihn in eine unerklärlich laute Kneipe mitgenommen, wo die Getränke absurd überteuert waren. Sabine hatte in sein Ohr geschrien, aber er war kaum in der Lage gewesen, sie zu verstehen. Das lag nicht nur an der Lautstärke, sondern auch an seiner Verwunderung darüber, wie es sein konnte, daß Sabine mit ihm ausging. Und welche Fehler er unbedingt vermeiden mußte? Und wie es weitergehen sollte. Sabine bat ihn schließlich, sie nach Hause zu begleiten, weil es schon sehr spät geworden war. Sie nahm ihn mit in ihre Wohnung, die vollkommen anders aussah als seine. Überall standen Pflanzen auf dem Fußboden und hingen Bilder an den Wänden. Nachdem sie ihm noch ein Glas Wein gebracht hatte, machte Sabine Musik an und ging ins Bad. Herr Jensen saß starr vor Schreck in einem ihrer Sessel. Es war mitten in der Nacht, er hatte ein Glas Wein in der Hand, eine amerikanische Sängerin hauchte langsame Lieder aus den Lautsprechern, und Sabine war im Bad. Herr Jensen glaubte zu wissen, was nun folgen sollte. Was, wenn er alles falsch machte? Sollte er sich jetzt wenigstens schon mal die Schuhe ausziehen? Was würde am nächsten Morgen geschehen? Oder war es besser, noch in derselben Nacht die Wohnung wieder zu verlassen? Würde sie ihm ein Zeichen geben? Oder vielleicht täuschte er sich auch, sagte nachher etwas ganz Falsches, womit er Sabine vielleicht vor den Kopf stieß.

Herr Jensen stellte behutsam sein Glas auf dem kleinen Tisch ab, verließ Sabines Wohnung und besuchte nie wieder das Seminar zur Strömungslehre.

Manchmal hatte er schon darüber nachgedacht, ob er sich vielleicht nichts aus Frauen machte. Das brachte möglicherweise unsere Zeit so mit sich, dachte er. Wenn einer früher keine Frau geheiratet hatte, dann hatte er nicht gleich drüber nachgedacht, ob er schwul war. Heute schien es geradezu eine Pflicht, sich das zu überlegen. Im Fernsehen, bei der Arbeit, in Zeitschriften, die Herr Jensen den Leuten in die Briefkästen steckte, überall wurde darüber gesprochen und geschrieben. Herr Jensen war aber zu dem Schluß gekommen, daß er nicht schwul sein konnte. Wenn er sich selbst befriedigte, hatte er früher immer nur an Frauen gedacht. Mittlerweile hatte sich diese Beschäftigung so verselbständigt, daß Herr Jensen nicht mehr durch den Gedanken an Frauen erregt wurde, sondern allein durch die Vorfreude auf die Selbstbefriedigung. Er nahm aber an, daß er im Grunde genommen immer noch durch Frauen erregt wurde. Und selbst wenn er schwul wäre, dachte er, dann würde das momentan ohnehin keine Rolle spielen, weil er allein lebte und nicht abzusehen war, daß sich dieser Umstand in nächster Zeit würde ändern lassen. So gab es keinen vernünftigen Grund, warum Herr Jensen die emotionale Bürde des Schwulseins auf sich nehmen und damit seine Mutter in ihrem Bergdorf in tiefes Unglück stürzen sollte.

003

Herr Jensen glaubt zu verlieren

Keiner konnte Herrn Jensen erklären, warum er seinen Arbeitsplatz verlor. Am wenigsten Herr Boehm. »Ich verstehe es nicht«, sagte Herr Jensen. »Ist es, weil ich nicht immer pünktlich war? Ich habe mir stets die größte Mühe gegeben, und Sie können mir glauben, es war nicht immer leicht. Wissen Sie, es ist morgens immer sehr früh.«

»Ich bitte Sie, Jensen«, winkte Herr Boehm ab. »Im Gegensatz zu so vielen anderen hier sind Sie doch äußerst pünktlich. Ich kann mich gar nicht erinnern, wann Sie das letzte Mal zu spät gekommen sind.«

»Aber warum dann?« fragte Herr Jensen. »Ich war selten krank, ich habe meine Arbeit immer gemacht, ich trinke nicht. Oder hat es Beschwerden gegeben?« Irgendeinen Grund für seine Kündigung mußte es geben.

»Nicht doch, Jensen. Es hat keine Beschwerde gegeben, und es hat auch keinen Anlaß zur Beschwerde gegeben. Sie besitzen alles, was wir in einem Mitarbeiter suchen. Sie sind qualifiziert, routiniert und nicht überambitioniert. Es tut mir – und ich glaube, ich kann da für die ganze Abteilung sprechen – es tut uns allen leid, daß Sie gehen müssen.« – »Aber wenn es sich so verhält, warum muß ich dann gehen?« – »Ich habe es Ihnen doch schon erklärt«, seufzte Herr Boehm. »Wir müssen Ihnen leider im Rahmen unseres neuen Programms zur Verhinderung betriebsbedingter Kündigungen kündigen.« – »Ich arbeite hier seit fünfzehn Jahren, seit fast zehn Jahren in Vollzeit. Ich bin länger hier als Sie, Herr Boehm«, sagte Herr Jensen entrüstet. – »Ja, das ist ja richtig.« Herr Boehm rutschte auf seinem Stuhl herum und fuhr mit dem rechten Zeigefinger hinter den Kragen seines taubenblauen Hemdes. »Aber Sie waren nie richtiger Mitarbeiter. Sie haben als Student angefangen und wurden dann von uns auf eine frei gewordene Stelle gesetzt. Sie wurden aber nie von uns ausgebildet, deswegen zählen Sie nicht als regulärer Mitarbeiter, und darum trifft der Sozialplan nicht auf Sie zu.« – »Und wer soll dann meine Arbeit machen?« fragte Herr Jensen. – »Ein anderer Student. Also, Sie sind ja natürlich kein Student mehr, aber Sie saßen auf so einer Stelle. Und wie Sie richtig sagen, Sie sind schon seit fast zehn Jahren dabei. Wenn Sie volle zehn Jahre dabei sind, müßten wir Sie ja eigentlich befördern, und das geht nicht, weil wir ja keinen Studenten befördern können.« – »Ich möchte überhaupt nicht befördert werden. Ich will hier nur weiter arbeiten.« – »Das geht nicht«, sagte Herr Boehm. »Jeder, der hier zehn Jahre arbeitet, muß befördert werden, das ist leider auch Vorschrift. Es tut mir leid«, setzte er noch hinzu.

Herr Jensen verstand das alles nicht. Herr Boehm klärte ihn noch darüber auf, daß er sich umgehend beim Amt zu melden habe, damit er seinen Anspruch auf Unterstützung nicht verlöre. Er bekäme dafür einen zusätzlichen freien Tag. Herr Jensen legte in seiner Situation keinen besonderen Wert auf zusätzliche freie Tage, aber er ging dennoch pünktlich zum Amt, brachte alle erforderlichen Unterlagen bei und ließ sich als arbeitssuchend registrieren. Beim Ausfüllen der Anträge fiel ihm auf, daß seine einzige Qualifikation im Austragen von Post bestand und der einzige in Frage kommende Arbeitgeber ihm gerade gekündigt hatte. Abgebrochene Studien und die Gewißheit, mit seinem Gehirn eines Tages eine ganz große Sache machen zu werden, waren sicherlich keine überzeugenden Argumente auf der Suche nach einem Arbeitsplatz.

Um seinen letzten Arbeitstag machte Herr Jensen wenig Aufhebens. Er holte sich morgens seine Post, die er auf der üblichen Route nach dem üblichen System Jensen austrug. Am Nachmittag nahm er die verlegenen Tröstungen und Geschenke der Kollegen entgegen. Für die Rückgabe seiner Arbeitskleidung und der Schlüssel erhielt er eine Quittung. Dann packte er seine Tasche und verließ die Post zum letzten Mal durch den Seitenausgang für Mitarbeiter.

Auf dem Weg nach Hause dachte Herr Jensen darüber nach, daß es eigentlich das Vernünftigste wäre, wenn er sich nun mordsmäßig betrinken ginge. Aber er hatte keinen richtigen Begriff davon, wie man so etwas anstellte. Er grübelte darüber nach, mit wem er sich betrinken sollte. Mit seinen Arbeitskollegen unternahm er nie etwas privat, und es wäre ja besonders merkwürdig, den letzten Arbeitstag im Kreise der Menschen zu begehen, mit denen er in Zukunft keinen Kontakt mehr haben würde. Andere Freunde, mit denen er sich hätte betrinken können, fielen Herrn Jensen nicht ein. Zu den Leuten vom Studium oder gar alten Mitschülern besaß er keinen Kontakt mehr. Außerdem überlegte Herr Jensen, wo er überhaupt hingehen könnte. Oder war es besser, durch mehrere Kneipen zu ziehen und überall nur ein Glas zu trinken? Und was war das richtige Getränk? Wenn er mit Schnaps anfing, würde der Abend vorschnell enden, denn Schnaps vertrug er nicht. Allerdings konnte er auch nicht insgesamt vier kleine Bier trinken und sich einbilden, daß das ein mordsmäßiges Besäufnis war.

Während er noch nachdachte, war er schon vor seiner Wohnungstür angelangt, hatte den Schlüssel aus seiner Hosentasche geangelt und die Tür aufgeschlossen. Er stellte seine Tasche und die Tüten mit den Verlegenheitsgeschenken im Flur ab und hängte seine Jacke auf den Haken. Dann schaute er eine Weile das Telefon an und überlegte, ob er vielleicht seine Eltern anrufen sollte. Aber er konnte sich den Verlauf des Gesprächs beinahe im Wortlaut vorstellen. Seine Eltern würde die Nachricht von seiner Arbeitslosigkeit beunruhigen. Rief er sie nicht an, würde es beiden Seiten besser gehen. Schließlich ging er ins Wohnzimmer, wo er sich in seinen Sessel setzte und vor sich hin starrte.

Genau das tat er regungslos für den Rest des Tages, bis er tief in der Nacht von einem traumlosen Schlaf übermannt wurde.

004

Herr Jensen findet sich

Am nächsten Morgen wachte Herr Jensen pünktlich in seinem Sessel auf. Pünktlich wozu, dachte er frustriert. Lächerlicherweise plagten ihn Kopfschmerzen, obwohl er am Vorabend keinen Alkohol getrunken hatte. Spielend hätte er es nun zur Arbeit geschafft, die er nicht mehr hatte, und das, wo es ihm in allen Jahren, in denen er diese Arbeit noch hatte, immer so schwer gefallen war, pünktlich aufzustehen, und er sich jeden Morgen gewünscht hatte, noch liegenbleiben zu können.

Herr Jensen stand ächzend auf und probierte durch vorsichtige Bewegungen aus, welches seiner Gelenke am schlimmsten schmerzte. Dann ging er mit einem kleinen Umweg über die Toilette ins Bett. Er schüttelte noch kurz seine Decke auf und brachte sich in seine Lieblingsposition, und doch konnte er nicht mehr schlafen. Er dachte abwechselnd an die Arbeit und daran, daß er nicht an die Arbeit denken wollte. Unruhig wälzte er sich hin und her, bis er sich in seinem Bett aufsetzte und sich eingestand, daß er hellwach war.

Dann nahm Herr Jensen eine Dusche, aber seine Laune verbesserte das kaum. Er trank einen Kaffee, der ihm besonders säurehaltig vorkam, und überlegte mißmutig, wie er seinen Tag verbringen sollte. Früher, also bis zum vorangegangenen Tag, hatte er jeden Morgen so viele Ideen und Pläne gehabt. Es gab immer irgend etwas einzukaufen, schon seit längerer Zeit hatte Herr Jensen vorgehabt, in irgendein Museum zu gehen, und wenn er morgens, bevor er zur Arbeit gehen mußte, darüber nachdachte, hätte es ihm auch gefallen, mal wieder durch den Zoo zu spazieren und dort womöglich ein Eis zu essen. Aber jetzt, wo er nicht bloß ein bißchen Zeit hatte, sondern sich eine riesige Menge von Zeit geradezu bedrohlich vor ihm auftürmte, wollte er nichts mehr von diesen früheren Plänen wissen. Vor allem kosteten sie Geld. Herr Jensen wußte nicht, wie wenig Geld er in Zukunft bekommen würde, es erschien ihm jedoch geboten, vorerst so sparsam wie möglich zu leben, bis er seine neue finanzielle Situation abschätzen konnte. Und nachdem er alle Aktivitäten von seiner Liste gestrichen hatte, die Geld kosteten, war seine Liste keine Liste mehr. Sicher hätte er im Park spazierengehen können, aber dazu verspürte er jetzt genausowenig Lust wie in den vergangenen zehn Jahren während seiner Zeit bei der Post.

Herr Jensen verließ seine Küche, setzte sich auf sein Sofa, ergriff die Fernbedienung und schaltete seinen Fernseher an. Er drückte sich durch die verschiedenen Programme und wurde von einer tiefen Zufriedenheit erfaßt. Sie hatten ihm die Arbeit genommen und seine Pläne, aber sie mußten ihm immer noch genau dasselbe Fernsehprogramm geben. Dutzende verschiedener Sender, mit Millionenaufwand produzierte Programme, durch Werbung finanziert. Er empfing genau das gleiche Fernsehprogramm wie ein Millionär, was ihm fast schon wie Kommunismus erschien. Und es war vollkommen nutzlos, Herr Jensen hätte sich im Moment kein einziges der Produkte gekauft, für das sie da Werbung machten. Trotzdem konnte er die verschwenderische Vielfalt in vollem Umfang aufnehmen, sie wurde ihm vor die Füße geworfen. Aus allen Orten der Welt berichteten Korrespondenten live über Satellit, die schönsten Frauen in tief ausgeschnittenen Abendkleidern räkelten sich lasziv vor seinen Augen, junge Erfolgstypen versuchten sich bei ihm mit plumpen Witzen einzuschmeicheln, kein Bild war Zufall. Herr Jensen kam sich vor, als hätte er sich uneingeladen durch die Hintertür auf einem großen Abendempfang eingeschlichen und würde sich nun ausgiebig am Büffet bedienen, ohne daß jemand es bemerkte oder verhindern konnte. Er war sehr zufrieden darüber, daß er sich vor zwei Jahren diesen großen Fernseher gekauft hatte, obwohl es ihm seinerzeit schade um das Geld gewesen war. Aber diese Investition zahlte sich für ihn aus.

Doch ob arbeitslos oder Millionär, im Moment lief in keinem der vielen Programme irgend etwas Interessantes. Herr Jensen schaltete den Fernseher aus und warf ihm noch einen stolzen Blick zu, bevor er sich einen Beutel nahm und in die Kaufhalle ging, um Lebensmittel zu kaufen. Früher war es für ihn ein Supermarkt gewesen, aber einige seiner Kollegen hatten immer Kaufhalle gesagt. Und sie hatten recht, denn war es weder ein Markt noch war irgend etwas daran super, es handelte sich um eine Halle, in der man kaufen konnte. Darum sagte Herr Jensen jetzt Kaufhalle.

Er kaufte sich eine große Dose Suppe, einen Beutel mit geschnittenem Brot und Margarine. Als er schon an der Kasse stand, fiel ihm ein, daß er eine Fernsehzeitschrift brauchte, und er ging noch einmal zurück.

005

**Herr Jensen entscheidet sich
für Zeit statt Raum**

Hätte er aus irgendeinem Grund die Möglichkeit bekommen, das Geheimnis der Zeit oder das des Raumes verstehen oder durchdringen zu können, Herr Jensen hätte sich, ohne zu zögern, für das Geheimnis der Zeit entschieden, weil es ihm als das weitaus größere erschien. Tage mit vielen Aufgaben und Terminen, Tage, die längst hinter ihm lagen, waren ihm seinerzeit unendlich kurz vorgekommen, immer hatte er das Gefühl gehabt, atemlos der Zeit hinterherzulaufen. An anderen Tagen, solchen, wie Herr Jensen sie nun täglich erlebte, trat die Zeit auf der Stelle und schien sich nicht mehr zu bewegen. Zwar gab es manchmal eine plötzliche Bewegung nach vorn, und es konnte überraschend früher Nachmittag sein, nachdem es vorher endlos lang zehn Uhr morgens gewesen war. Aber dieser Zeitsprung war nur eine Täuschung, es konnte leicht passieren, daß es dann ewig lange früher Nachmittag blieb. Auch konnte sich Herr Jensen des Eindrucks nicht erwehren, daß sich die Zeit, wenn er nicht genau aufpaßte, sogar um ein paar Minuten zurückschob.

Damit nicht genug, schien seine Erinnerung mit seiner Wahrnehmung der Zeit das zu machen, was das kleine Fernglas, das er sich in seiner Kindheit aus einem Optik-Baukasten selbst gebaut hatte, mit dem Licht machte. Wie die Lichtstrahlen in diesem Fernglas wurde die Zeit in seiner Erinnerung einfach umgedreht. Die seinerzeit unangenehm kurzen Tage voller Ereignisse erschienen ihm im Rückblick unendlich lang. Manche Tage, wie zum Beispiel jene vor bestimmten Feiertagen, die ein paar Jahre zurücklagen und an denen er vormittags gearbeitet hatte, mittags noch Geschenke eingekauft hatte, nachmittags zu seinen Eltern gefahren, dort ein paar Stunden geblieben, aber auch rechtzeitig wieder gegangen war, um abends noch einen Film im Fernsehen zu schauen, solche Tage erschienen Herrn Jensen nicht mehr realistisch, wie verklärte Träume aus einer besseren Zeit, obwohl seine alten Terminkalender und die klaren Erinnerungen an die Ereignisse darauf hindeuteten, daß diese Tage genau so verlaufen sein mußten.

Andererseits hatte seine Erinnerung die seit seiner Arbeitslosigkeit vergangenen Wochen, ja Monate, von denen ihm manche Minute zur endlosen Qual geworden war, zu einem kaum wahrnehmbaren Augenblick zusammengeschmolzen. Er war an jedem dieser Tage aufgestanden, auch wenn dies zu einer immer späteren Uhrzeit geschah. Als der Wecker neben seinem Bett, dessen Alarmfunktion er freilich ausgestellt hatte und der damit eigentlich kein Wecker mehr, sondern nur noch eine Uhr war, erstmalig eine zweistellige Stundenzahl beim Aufstehen zeigte, hatte er das zwar als Triumph empfunden, aber er hätte nicht einmal den Monat benennen können, in dem das passiert war. Darüber freute sich Herr Jensen. Und seine Freude kam zum einen daher, daß er seinen alten Arbeitsrhythmus nun offensichtlich überwunden hatte, und zum anderen verschaffte Herrn Jensen jede verschlafene Minute, die er nicht durch seine Wohnung kriechen sehen mußte, Erleichterung.

Denn obwohl nichts geschah und er nichts zu tun hatte, fiel ihm jede Aufgabe zunehmend schwerer. Selbst seine Mahlzeiten variierten kaum noch. Es war ihm zu anstrengend, darüber nachzudenken, was er gern essen wollte. Er wartete, bis er Hunger bekam, und schlang dann einfach möglichst viel von dem in sich hinein, was gerade im Kühlschrank war. Er vermißte inzwischen sogar die Kantine der Post und das tägliche Schimpfen der Kollegen über das schlechte Essen dort.

Er hatte an jedem dieser freien Tage ferngesehen, auch wenn er sich an keinen Moment davon mehr erinnern konnte. In der ersten Zeit hatte Herr Jensen noch zielgerichtet bestimmte Sendungen gesehen, nach denen er den Apparat wieder ausgeschaltet hatte. Zunehmend jedoch blieb der Fernseher einfach eingeschaltet, solange es ging, bis der Hunger kam oder Herr Jensen auf die Toilette oder einkaufen gehen mußte. Die maximal drei Stunden der ersten Tage waren schnell zu acht, dann zehn Stunden täglich geworden. Mit wachsender Willenlosigkeit gab er sich den Aufforderungen der Sender hin, nicht abzuschalten. Zum Schluß hatte Herr Jensen zudem das beständige Gefühl, irgendeine Sendung zu verpassen. Während er die Ausflüge in die Kaufhalle anfänglich als Höhepunkte seiner Woche betrachtet hatte, brach er immer widerwilliger auf, weil stets irgendeine Sendung noch nicht zu Ende war oder eine andere gleich beginnen sollte, die nur interessanter sein konnte als die Sendung, die er gerade sah. Irgendwann schaltete Herr Jensen den Fernseher gleich nach dem Aufstehen ein und erst dann wieder aus, bevor er spät in der Nacht zu Bett ging. Einen Unterschied zwischen seinem Tagesablauf und dem Fernsehprogramm hätte Herr Jensen nur mit Mühe benennen können.

Wenn er seine Wohnung verließ, erschien ihm die Straße zwar anfänglich etwas zu hell, aber dann empfand es Herr Jensen als durchaus angenehm, vor die Tür zu kommen. Der Bann seines Fernsehers, der eben noch so erdrückend mächtig gewesen war, löste sich, und Herr Jensen atmete die frische Luft ein, schaute, was um ihn herum passierte. Die Menschen gingen mit Hunden spazieren, Schulkinder trugen riesige Rucksäcke über der Schulter, und junge Frauen sprachen in metallglänzende Mobiltelefone. Doch obwohl Herr Jensen das Ganze genoß, blieb es immer ein kurzes Vergnügen. Nach wenigen Minuten war er in der Kaufhalle angekommen, legte dort die immergleichen Waren aus den immergleichen Regalen in seinen Korb, bezahlte an der Kasse und war wieder zu Hause, bevor auch nur eine Stunde vergangen war. Natürlich hätte er langsamer gehen, alle Regale und Angebote in der Kaufhalle betrachten, einen Umweg nehmen können. Aber all das widerstrebte ihm zutiefst. Er war ein Mensch, der die Effizienz schätzte und mutwillige Ausschweifungen ablehnte. Wenn es ihm gelegentlich gelang, in weniger als dreißig Minuten wieder mit seinen Einkäufen zurück in der Wohnung zu sein, war das eine Art Rekord, der Herrn Jensen mit Zufriedenheit über seine Zielstrebigkeit und die Harmonie erfüllte, mit der er den Vorgang des Einkaufens verrichtet hatte.

Ziellose Spaziergänge schätzte Herr Jensen nicht, und er hielt sich auch nicht gern in gastronomischen Einrichtungen auf. Cafés und Restaurants dienten dazu, darin zu essen und zu trinken. Essen und trinken aber konnte er viel billiger auch zu Hause. Eine Zeitlang in einer Gaststätte bei einem Glas Wasser zu sitzen und beispielsweise eine Zeitung zu lesen, wäre nicht besonders teuer gewesen, aber das fand Herr Jensen unangebracht. Schließlich mußten auch Wirte Miete, Strom und Heizung bezahlen. Wenn viele Gäste herumsaßen, ohne wirklich zu essen oder zu trinken, dann konnte sich niemand anders an diese Tische setzen. Die Preise für Essen und Trinken der anderen würden zwangsläufig ansteigen, damit die Gaststätte wirtschaftlich überleben könnte. Und genauso war es ja auch: Die Preise stiegen ständig an. Darum sah Herr Jensen die Zeitungsleser und Zigarettenraucher, die stundenlang hinter einer Tasse Kaffee oder einem Glas Leitungswasser saßen, stets voller Mißbilligung an. Niemals wäre es ihm in den Sinn gekommen, so wie sie die Zeit in einer Gaststätte totzuschlagen.

Deshalb saß er meist zu Hause vor seinem Fernseher. Sogar die kleineren Krankheiten der letzten Monate, grippale Infekte oder einmal auch eine Durchfallerkrankung, waren ihm körperlich unangenehme, aber auf eigenartige Weise auch willkommene Abwechslungen gewesen. Denn eine Krankheit bedeutete, daß Herr Jensen etwas zu tun hatte. Er mußte seine Ernährung umstellen, er konnte sich überlegen, wann er bestimmte Dinge des Alltags erledigen konnte, die ihm während der Krankheit Mühe bereiteten. Er mußte schließlich einen Arzttermin ausmachen, einige Zeit im Wartezimmer mit Illustrierten zubringen, ein paar kurze Minuten mit den Ärzten reden und von dort in eine Apotheke gehen, wo er Medikamente abholen konnte, die er schon seit seiner Kindheit wegen ihres medizinischen Geruchs und der sterilen, verschwenderisch sorgfältigen Verpackung schätzte. Die körperliche Erschöpfung brachte es mit sich, daß Herr Jensen in solchen Zeiten auch besonders gut und viel schlafen konnte.

Wieder gesund zu werden war dagegen eine Enttäuschung. Sehr schnell fand er sich in seinem routinierten Nichtstun wieder, was seiner Gesundheit gewissermaßen ihren Sinn nahm. Auch wenn es niemandem sonst etwas nützte, wenn Herr Jensen krank war, fühlte er sich in dieser Zeit beschäftigter als sonst.

Seine alten Freunde, alte Kollegen genaugenommen, wie Herr Jensen sich immer wieder klarmachen mußte, traf er anfangs einige Male auf Festen. Er wurde nur eingeladen, wenn alle eingeladen wurden, das war schon seit der Schulzeit so. Trotzdem hatte sich Herr Jensen beim ersten Mal nach seiner Kündigung sehr gefreut. Damals hatte ihn Harald zu seinem Geburtstag zu sich nach Hause eingeladen, der Kollege, mit dem Herr Jensen am engsten zusammengearbeitet hatte. Herrn Jensen fiel jetzt auf, daß er niemals zuvor in Haralds Wohnung gewesen war. Aber die Aussicht, mal wieder unter Leute zu kommen, schien ihm reizvoll. Er hatte schon am Vortag ein Geschenk gekauft, sich rasiert, gute Sachen angezogen und war dann in guter Stimmung aufgebrochen. Doch der Abend verlief sehr enttäuschend.

Er war pünktlich bei Harald angekommen, weil er als erster Gast erscheinen wollte. Herr Jensen wollte sich einfach noch ein bißchen mit seinem alten Kollegen unterhalten, bevor die Massen kamen. Doch obwohl er von Harald mit überschwenglicher Freude an der Tür begrüßt wurde, kam es bald zwischen ihnen zu einem wortreichen Schweigen, das sie nicht überwinden konnten, denn sie vermieden es beide, über die alten Geschichten von der Arbeit zu reden. Sie standen in der Küche, und das stockende Gespräch drehte sich um das Wetter und das Fernsehprogramm. Als es nach einiger Zeit klingelte, hellten sich ihre Gesichter erleichtert auf, und Harald verließ eilig den Raum, um die Tür zu öffnen. Für den Rest des Abends blinkerten sie sich zu, wenn sie zufällig aneinander vorbeiliefen, aber sie sprachen nicht mehr miteinander.

Herrn Jensen war es schon früher nie gelungen, auf Feiern Gespräche anzufangen, und die wenigen Versuche anderer Gäste, mit ihm Kontakt aufzunehmen, endeten jedesmal binnen kurzem in einer Sackgasse. Denn nie dauerte es lange, bis die Frage gestellt wurde, was er denn tun würde, und Herr Jensen wahrheitsgemäß mit »nichts« antwortete. Danach war jedes Gespräch im Keim erstickt, und über nichts konnte man sich schlecht unterhalten. Jeder trank verlegen ein paar Schlucke, als ob das ein Ersatz für ein weiteres Gespräch wäre, um dann möglichst beiläufig auseinanderzugehen.

Herr Jensen fand sich bald draußen auf der Straße wieder, die ihn auf dem schnellsten Weg nach Hause führte. Wenn ihm auf dem Hinweg noch Gedanken an mögliche romantische Begegnungen durch den Kopf gegangen waren, spürte er nun nichts anderes als die Erleichterung einer gelingenden Flucht. Er schloß seine Wohnungstür atemlos hinter sich und verriegelte sie gründlich. Warum fragte niemand, was man gern aß oder welche Musik man hörte? Warum fragte ihn niemand nach seiner Art zu duschen? Herr Jensen hatte nämlich in jahrelangen Versuchsreihen die perfekte Duschtemperatur herausgefunden und die exakte Menge Haarwaschmittel, die er benötigte. Warum wollte keiner wissen, ob man besser auf der Seite, auf dem Rücken oder gar auf dem Bauch einschlief? Warum waren alle so einfallslos zu fragen, was man machte?

Herr Jensen hatte nach Haralds Feier noch ein paar halbherzige Versuche unternommen, unter die Leute zu kommen. Er versuchte technische Fehler von vornherein zu vermeiden, kam besonders spät und blieb nie bis zuletzt. Und dabei diskutierte er vor allem aktuelle politische Fragen, vermied Situationen unter vier Augen und suchte statt dessen Gespräche in größeren Gruppen, aber es dauerte nie lange, bis er mit der Frage nach dem, was er so machen würde, zur Strecke gebracht wurde und ebenso umgehend und resigniert wie allein den Heimweg antrat.

Nach solchen Expeditionen erschien ihm sein Leben zweckloser als zuvor, und er empfand es als angenehmer, künftig solchen Einladungen aus dem Weg zu gehen und überhaupt immer weniger Anrufe zu erhalten. Herr Jensen sah dabei zu, wie seine Tage wie zähflüssiger Honig dahingingen. Ganze Wochen wurden bald gnädig reduziert auf ein schmerzloses Vakuum des Vergessens, nicht unterbrochen von peinlichen, unangenehm klaren und sich wiederholt aufdrängenden Begegnungen mit Menschen, die ihn immerzu fragten, was er machte.

Nichts.

Auf diese Weise hatte sich die Zeit für Herrn Jensen von einem scheinbar übersichtlichen Koordinatensystem mit klar definierten Punkten und Geraden zu einem unscharfen, schwer faßbaren Etwas unvereinbarer Widersprüche entwickelt. Er ließ sich einfach treiben und versuchte nicht mehr, durch den Nebel hindurchzusehen.

006

**Herr Jensen wird nach der
Zukunft gefragt**

Herr Jensen hatte natürlich noch Termine, wichtige Termine, die zwar selten erfreulich waren, denen er sich jedoch nicht verschließen konnte. Die wichtigsten Termine waren die auf dem Amt.

Vom Amt erhielt Herr Jensen sein Geld, und er empfand das als ausgesprochen angenehme Regelung. Während der langen Zeit, in der er arbeiten gegangen war, hatte er sich auf der Post mit den selten sachkundigen, häufig widersprüchlichen Anweisungen von Herrn Boehm sowie den teilweise äußerst boshaften Kollegen für wenig Geld herumärgern müssen. Nachdem ihm gekündigt worden war, bekam er zwar etwas weniger Geld, empfand diese Summe aber im Vergleich zur erforderlichen Arbeit als absolut angemessen.

Herr Jensen war mit diesem Arrangement sehr zufrieden und hätte von sich aus keinen Termin beim Amt gebraucht, für ihn gab es keinerlei Gesprächsbedarf. Sicher, wenn die Preise weiter stiegen, würde er sich irgendwann um eine Anpassung bemühen müssen, aber das hatte Zeit, und er wollte auch nicht unbescheiden sein.

Das Amtsgebäude war eine aus Betonplatten zusammengesetzte Einfallslosigkeit. Bedachte man allerdings, fuhr es Herrn Jensen durch den Kopf, daß das erklärte Ziel des Amtes in seiner eigenen Abschaffung bestand, wurde dieses Ziel architektonisch glaubhaft vertreten. Passenderweise stand es auf einem ehemaligen Industriegelände neben leerstehenden Fabrikgebäuden und verfallenden Lagerhallen. Tatsächlich aber verwaltete das Amt ständig mehr Menschen, Herrn Jensen kam es vor wie auf der Börse: Zwar gab es kurzfristige Kurseinbrüche, doch über einen längeren Zeitraum betrachtet, zeigte die Kurve stetig nach oben.

Er betrat das Gebäude durch den Haupteingang und orientierte sich mit Hilfe der Anweisungen in seinem Schreiben und des umfänglichen Lageplans in der Eingangshalle. Viele Treppen und Gänge führten ihn in den Wartebereich, wo er eine Nummer auf einem hellblauen Zettelchen zog und sich hinsetzte. Vor ihm waren noch dreißig andere Nummern auf hellblauen Zetteln an der Reihe.

Zu spät bemerkte Herr Jensen, daß er sich neben einen dünnen Mann mit Brille gesetzt hatte, dessen Redseligkeit er schon von weitem hätte bemerken müssen. Die anderen Wartenden hatten es sicher bemerkt, und deshalb waren neben dem Mann mit Brille auch noch zu beiden Seiten Sitzplätze frei.

Er schaute Herrn Jensen beflissen an und deutete durch eine Kopfbewegung an, daß Herr Jensen den Sitz zu seiner Linken wählen sollte. Kurz nachdem sich Herr Jensen auf den rotlackierten Metallstuhl gesetzt hatte, begann der Mann aufgeregt hin und her zu rutschen, sich zu räuspern und nervös aufzulachen. Herr Jensen begriff, welche Fehlentscheidung er getroffen hatte, und blickte mit leiser Verzweiflung zu dem kleinen schwarzen Kasten, der über der Tür hing und auf dem in grüner Leuchtschrift die Wartenummern mitsamt der dazugehörigen Raumnummer angezeigt wurden.

Noch dreißig Nummern.

»Und, kommen Sie öfter hierher?«

Sein Lachen nach diesem schlechten Witz klang wie ein unterdrückter asthmatischer Anfall.

»Hm.« Herr Jensen hatte nicht die Absicht, ihn zu einem Gespräch zu ermutigen.

»Also, ich bin immer wieder gern hier. Ich bin gekommen wegen des guten Rufs, aber ich bleibe wegen der schönen Atmosphäre.« Er lachte wieder.

»Und, was haben Sie früher gemacht?«

Das war der Vorteil auf dem Amt, hier wurden einem immerhin die richtigen Fragen gestellt. »Postbote.«

»Wirklich? Dann sind wir vielleicht bald Kollegen.«

Herr Jensen blickte ihn fragend an. In gewisser Weise waren sie doch jetzt schon Kollegen.

»Ich habe eine Weiterbildungsmaßnahme in Aussicht. ›Fit for Logistics.‹ In der Broschüre, die sie mir zugeschickt haben, stand, daß man dort die Grundlagen der Logistik kennenlernt. Also alles, was man als Zusteller oder Innendienstmitarbeiter in so einem Betrieb braucht.«

Herr Jensen zog eine Augenbraue hoch. »Dann werden wir sicherlich nicht Kollegen werden, schließlich ist mir in der Branche gekündigt worden.«

»Und warum?«

»Um Kündigungen zu vermeiden«, erklärte Herr Jensen. Der Mann lachte schon wieder. Noch einundzwanzig Nummern.

»Sehr gut. Nein, sagen Sie mal wirklich. Hatten Sie was auf dem Kerbholz, eine Affäre mit der Frau vom Chef?« Er zwinkerte ihm in unangemessener Vertraulichkeit zu. Herr Jensen überlegte kurz. Er wußte nicht einmal, ob Herr Boehm verheiratet war.

»Nein, ich sage Ihnen die Wahrheit. Sie haben mir gekündigt, damit sie regulären Mitarbeitern nicht kündigen mußten. Es war Teil eines Sozialplans.«

»Und wie lange waren Sie dort?«

»Zehn Jahre.«

»Oh.« Der Mann mit Brille verstummte überraschend. Herr Jensen genoß den Moment, er wußte, daß er nicht lange anhalten würde.

»Also in meiner Broschüre steht es. Die Logistik ist der Markt der Zukunft. Immer mehr Waren werden über Internet und Telefon bestellt und müssen ausgeliefert werden.«

Sein Optimismus strengte an. »Das kann schon sein«, sagte Herr Jensen. »Aber diese Waren werden sicherlich nicht von Ihnen ausgeliefert werden. Es sei denn, Sie sind Student oder Schüler. Das sind die einzigen, die dort noch eingestellt werden.« Der Mann mit Brille schaute ihn ratlos an. Was sollte er ihm entgegnen, schließlich war Herr Jensen eine Art Experte.

Seine Betroffenheit war Herrn Jensen unangenehm, und er versuchte, die Situation zu retten. Es waren nur noch zwölf Nummern. »Was haben Sie denn früher gemacht?« fragte er.

»Kellner, ich war früher Kellner.«

»Aber Gaststätten gibt es doch genug«, wunderte sich Jensen.

»Ja, aber wer stellt schon einen gelernten Kellner ein? Drei Jahre Lehre in Hotels der Spitzenklasse. Ich kann Ihnen jede Zutat einer Sauce béarnaise herunterbeten, die Rebsorten von zweihundert Rotweinen. Aber genau deshalb kann es sich keiner leisten, mich einzustellen, denn er müßte mir ein richtiges Gehalt zahlen. Da nimmt man lieber Studenten. Die bringen dem Gast zwar ein Pils, wenn er sich ein Bayerisch Hell bestellt hat, aber billig sind sie.« Er seufzte.

»Und was ist mit einer eigenen Gaststätte?« schlug Herr Jensen vor. »Schließlich kennen Sie sich doch aus.«

»Genau, ich kenne mich aus. Und deshalb würde ich nie einen eigenen Laden aufmachen. Die Leute kommen heute doch nur noch herein, bestellen sich ein kleines Wasser und lesen dann die Zeitung.«

Mit einem langsamen, nachdrücklichen Nicken stimmte Herr Jensen zu. »Nein, einen eigenen Laden mache ich auf keinen Fall auf. Ich mache mich ›Fit for Logistics‹.«

Irgendwann piepste die Anzeige an der Wand zum dreißigsten Mal. »Das ist jetzt meine Nummer.« Herr Jensen stand auf und verabschiedete sich von dem Mann mit Brille. Er fragte sich, warum dessen Nummer in der Zwischenzeit noch nicht angezeigt worden war. Saß er hier womöglich tagein, tagaus nur, um den Leuten seine Geschichte oder doch zumindest eine Geschichte zu erzählen?

Herr Jensen mußte sich jetzt auf anderes konzentrieren. Er fand die Tür mit der Nummer 412. Neben der Raumnummer stand noch »Schulz, Ortner« auf dem kleinen grauen Plastikschild, das rechts neben der Tür angebracht war. Herr Jensen klopfte kurz an und trat ein.

Der Raum wurde dominiert von zwei riesigen Schreibtischen, die nebeneinanderstanden. Auf den Schreibtischen stand jeweils ein Monitor, und hinter den Schreibtischen saß jeweils eine Dame schwer bestimmbaren Alters auf einem Bürodrehstuhl. An den zur Tür zeigenden Stirnseiten der Schreibtische stand jeweils ein identischer Stuhl aus schwarzem Stahlrohr mit schmutziggelber Polsterung. Sie waren offensichtlich für die Besucher gedacht. An den Wänden hingen Farbfotoreproduktionen auf Hochglanzpapier von anonymen Wäldern, Palmen, Stränden und Seekühen, die vermutlich aus alten Kalendern ausgeschnitten waren.

Merkwürdig, dachte Herr Jensen, daß sie von allen möglichen Tierarten ausgerechnet Bilder von Seekühen aufgehängt hatten. Er stand unentschlossen zwischen den beiden Besucherstühlen und versuchte herauszufinden, welche der Damen für ihn zuständig war. Beide saßen hinter diesen Tischen, beide starrten mit höchster Konzentration auf ihre Monitore, beide tippten etwas auf ihren Tastaturen, und beide würdigten ihn keines Blickes.

Schließlich schien die von Herrn Jensen aus linke Sachbearbeiterin seine Anwesenheit zu bemerken und brummte irgend etwas in seine Richtung, wobei sie eine Bewegung mit ihrem Kopf machte und dann weiter auf ihrer Tastatur tippte. Er deutete dies als Zeichen, sich auf den Besucherstuhl vor ihrem Tisch zu setzen und zu warten.

Ein kleines Namensschild, das vor ihm auf dem Schreibtisch stand, verriet ihm, daß er Frau Ortner anschaute. Auf dem Schreibtisch standen außerdem zwei reichverzierte Bilderrahmen aus Plastik.

Es war nicht auszumachen, ob die Fotos darin von ihr waren, oder ob Frau Ortner einfach die Musterbilder aus dem Kaufhaus in den Rahmen gelassen hatte. Sie trug ihre langen blonden Haare zu einem lockeren Zopf zusammengebunden. Man konnte sie nicht als gutaussehend bezeichnen. Es waren wohl ihr illusionsloser Mund, die glanzlosen Augen und das geschmacklose, durchsichtig weiße Plastikgestell ihrer Brille, die sie vorzeitig gealtert und unattraktiv aussehen ließen. Daß sie einmal ein junges Mädchen gewesen war, schien für Herrn Jensen unvorstellbar. Sie trug eine Kunststoffbluse, die sie offensichtlich an einem ihrer weniger optimistischen Tage ausgewählt hatte. Und unter der Schreibtischplatte befand sich sicherlich ein dazu passender Rock. Herr Jensen mußte unwillkürlich daran denken, wie irgendwelche Leute im Fernsehen andauernd sagten, daß sie ihren Job liebten. Er hätte sich niemals getraut, Frau Ortner zu fragen, ob sie ihren Job oder irgend etwas anderes lieben würde.

»So, Herr...?« wandte sie sich ihm schließlich zu.

»Jensen«, fügte Herr Jensen ein.

»Herr Jensen. Dann wollen wir mal sehen.« Sie schaute wieder auf ihren Monitor und tippte etwas ein. »Jensen, einfach Jensen, wie man es spricht?«

»Ja.«

Sie fragte ihn nach seinem Geburtsdatum und seiner Adresse und gab alles in ihren Computer ein.

»Gut«, sagte sie schließlich. »Hier habe ich Sie: Jensen. Was haben Sie für eine Ausbildung?«

»Keine«, sagte Herr Jensen, um das Verfahren abzukürzen. Er wußte, daß sich niemand für sein Abitur oder die Semester auf der Universität interessierte.

»Hier steht, daß Sie bis vor ein paar Monaten bei der Post gearbeitet haben? Ohne Ausbildung?«

»Ja, ich habe dort als Student gearbeitet«, sagte Herr Jensen etwas peinlich berührt.

»Auf Teilzeitbasis?«

»Nein, die letzten Jahre in Vollzeit.«

»Als Student?«

»Eigentlich nicht, ich war längst exmatrikuliert. Aber die haben das bei der Post nie geändert.«

»Und was haben Sie gemacht?«

»Ich war Postbote.« Frau Ortner gab alles ungerührt in ihren Computer ein.

»Und, haben sie sich in den letzten Monaten um Arbeit bemüht?«

»Nein«, antwortete Herr Jensen.

»Sie sollten eigentlich wissen, daß Sie bei der Arbeitssuche Eigeninitiative zeigen müssen. Sie müßten sich doch mal beworben haben.«

»Das ist vollkommen aussichtslos«, erklärte Herr Jensen trotzig. »Und sobald etwas frei wird bei der Post, sagen mir meine alten Kollegen Bescheid. Zur Zeit wird dort allerdings immer noch Personal abgebaut.«

»Und warum haben Sie sich nicht mal woanders beworben?« Es war augenscheinlich, daß sie sich für seine Antwort überhaupt nicht interessierte. Was er sagte, ging direkt in ihre Fingerspitzen, die alles in den Computer eintippten. Zuhören tat sie ihm nicht.

»Ich kann nur Postbote. Das gibt es nur bei der Post.«

Jetzt hatte sie plötzlich eine Idee und wandte sich ihm wieder zu. »Und was ist mit den ganzen neuen Unternehmen, die es jetzt gibt? Paketdienste und so weiter?« Doch Herr Jensen war auch auf diese Frage vorbereitet.

»Da braucht man einen Führerschein. Den habe ich nicht.« Er hätte nie geglaubt, daß dieser Umstand einmal für ihn von Vorteil sein sollte.

»Das heißt, Sie müssen in eine Qualifikationsmaßnahme«, schlußfolgerte Frau Ortner.

»Nein, das ist schon in Ordnung so«, wehrte Herr Jensen ab.

»Doch. Durch eine Erweiterung Ihrer beruflichen Kompetenzen verbessern Sie Ihre Chancen, eine neue Arbeit zu bekommen. Sie müssen in eine Qualifikationsmaßnahme.« Sie klang ein bißchen wie ein automatisches Auskunftssystem.

»Ach, wissen Sie«, sagte Herr Jensen. »Ich will eigentlich am liebsten wieder Postbote werden. Etwas anderes will ich nicht machen, schon gar keine Qualifikationsmaßnahme. Da warte ich lieber, bis auf der Post wieder was frei wird.«

»Hören Sie mir zu«, sagte die Sachbearbeiterin in einem jetzt merklich gereizten Tonfall. »Sie können keine Bemühungen nachweisen und sind schon zu lange arbeitslos. Wenn Sie jetzt ablehnen, kürzen wir Ihre Bezüge. Verstehen Sie, was ich meine: Sie *müssen* in eine Qualifikationsmaßnahme.«

»Ach so. Ich *muß* in eine Qualifikationsmaßnahme«, sagte Herr Jensen verdutzt. Er hätte nie gedacht, in seiner Arbeitslosigkeit so bedrängt zu werden. Jahrelang hatte er eingezahlt und war davon ausgegangen, daß ihm seine Bezüge rechtmäßig zustanden. Arbeitslosigkeit galt als etwas so Schreckliches, daß niemand annehmen konnte, daß er freiwillig arbeitslos war. Es war wie eine schwere Erkrankung, von der viele betroffen waren und die jetzt Hilfe brauchten. Daß er für sein Geld herumgescheucht werden sollte, stimmte Herrn Jensen sehr unzufrieden.

»Sie haben Glück. Ich habe noch einen freien Platz in einer Maßnahme, die genau das richtige für Sie ist. Wir übernehmen die Kosten«, unterbrach Frau Ortner seine Gedanken. Sein Schweigen wertete sie als Zustimmung und nicht als Ausdruck von Verwirrtheit, der es tatsächlich war. Schwungvoll tippte sie abschließend etwas in ihren Computer. Dann drehte sie sich mit ihrem Stuhl um, zog eine Broschüre aus der Schublade und drückte sie ihm in die Hand. »So, alles klar. Schon nächsten Montag geht es los.« Während er sich perplex die

Broschüre in die Tasche steckte und sich von ihr verabschiedete, wandte sich Frau Ortner schon ihrem Computer zu und nahm Herrn Jensen offensichtlich nicht mehr wahr. Vor der Tür griff er in seine Tasche und zog noch einmal die Broschüre hinaus. »Fit for Gastro« stand auf dem Faltblatt aus Hochglanzpapier.

007

Herr Jensen lernt mehr, als er dachte

Das Klingeln des Weckers am nächsten Montag morgen war wie ein gleißendes Scheinwerferlicht, das die körperliche Erinnerung daran, was es hieß, zu früh aufzustehen, im Handumdrehen aus einer dunklen, vergessenen Ecke seines Gedächtnisses in den schmerzvollen Mittelpunkt seines Bewußtseins rückte. Zu früh aufstehen, das hieß, daß Augen und Glieder schmerzten, daß Kopfkissen und Bett einen Sirenengesang erklingen ließen, das hieß Dunkelheit draußen und schlechte Laune drinnen. Und das alles, noch lange bevor Herr Jensen überhaupt mit dem Denken anfangen konnte.

Diese Maßnahme war für Arbeitslose, dachte er schlecht gelaunt. Warum mußte sie dann vor Sonnenaufgang anfangen? Schlechte Laune würde keinem dabei helfen, etwas zu lernen. Und früh aufstehen mußte man ihm auch nicht beibringen. Er hatte das jahrelang gemacht und würde es auch wieder schaffen, wenn er irgendwann eine Beschäftigung haben würde, für die er bezahlt wurde und deren Anreiz nicht bloß darin bestand, eine drohende Nicht-Bezahlung abzuwenden. Mißmutig trank Herr Jensen eine Tasse Kaffee, bevor er losfuhr.

Als er in die trüben Gesichter der anderen Fahrgäste im Bus sah, mußte er daran denken, daß es vermutlich auf einer theoretischen, möglicherweise auch psychologischen und vielleicht sogar auf einer volkswirtschaftlichen Ebene in gewisser Hinsicht gut war, daß er jetzt zu dieser Maßnahme fuhr, daß es aber gleichzeitig auf einer praktischen und menschlichen Ebene ausgesprochen unangenehm war. Warum sollte er sich »Fit for Gastro« machen? Er wollte nicht in einer Gaststätte arbeiten, fremden Menschen abscheuliches Essen und alkoholische Getränke servieren, ihnen dabei zusehen, wie sie Zeitungen lasen, oder gar tagtäglich unangemessenen Vertraulichkeiten ausgeliefert sein. Er wollte auch nicht allmählich die Wahrnehmung für den Geruch des billigen Fetts in seiner Kleidung und seinen Haaren verlieren oder erst mitten in der Nacht nach Hause kommen. Er wollte lieber nach dem bewährten System Jensen Post austragen oder, wenn es für ihn diese Arbeit derzeit nicht gab, zu Hause sitzen und fernsehen. Mit Sicherheit wollte er nicht in diesem Bus zu dieser nachtschlafenden Zeit durch die Dunkelheit ans andere Ende der Stadt fahren.

Herr Jensen hätte nicht genau sagen können, wie er sich den Ort vorgestellt hatte, an dem die Schulung stattfinden sollte. Jedenfalls ähnelte das, was ihm die Realität präsentierte, seinen Vorstellungen nicht im mindesten. Er hatte an ein durchaus häßliches Bürogebäude gedacht, wahrscheinlich wegen des Gebäudes, in dem das Amt saß, das ihn hierhergebracht hatte. Aber niemals hätte er damit gerechnet, unter der angegeben Adresse einen abrißreifen, flachen Bungalow vorzufinden. Einen Moment zweifelte Herr Jensen, ob er richtig war. Aber jegliche Zweifel wurden durch ein Blatt Papier ausgeräumt, das in einer Plastikhülle von innen mit Klebestreifen an die Scheibe der Eingangstür geklebt worden war und auf dem der Name der Ausbildungsfirma stand, der auch in seiner Broschüre angegeben wurde.

Die Tür aus weißem Kunststoff führte in einen kleinen Eingangsbereich, von dem links und rechts zwei sehr schmale, fensterlose Gänge abgingen. Auch in seinem Innern verbreitete das Gebäude die Atmosphäre einer Bauarbeiterbaracke, die man nach Beendigung lange zurückliegender Bauarbeiten abzureißen versäumt und deren Gesamtzustand sich im Lauf der Zeit nicht verbessert hatte. Die Wände waren aus nacktem Beton, die Fußböden mit billigstem Kunststoff ausgelegt. Das alles wurde von langen weißen Neonröhren beleuchtet, die unverkleidet an der Decke hingen und mit leisem Sirren alles in kaltes Licht tauchten. Eine kleine Magnettafel auf einem Metallgestell füllte den

Eingangsbereich vollkommen aus. Auf der Tafel hing ein Zettel mit der Aufschrift *Fit for Gastro*, ein Pfeil zeigte nach links, und darunter stand *Raum 003*.

Herr Jensen ging den schmalen Gang entlang, der so schmal war, daß er beide Seitenwände problemlos mit beiden Ellenbogen hätte berühren können. Er endete in einer Toilettentür, auf der schwarze Piktogramme für *Damen* und *Behinderte* untereinander angebracht waren. Warum sollten sich ausgerechnet Frauen und Körperbehinderte immer die Toilette teilen? Bedeutete das nicht im Grunde genommen auch eine unterschwellige und wechselseitige Diskriminierung? Irgend etwas hatte es jedenfalls zu bedeuten, daß eine plötzlich behinderte Frau weiterhin dasselbe Klo aufsuchen konnte, während ein neuerdings behinderter Mann zu den Damen wechseln mußte.

Der Gang reichte nicht aus, daß Herr Jensen diesen Gedanken zu Ende verfolgen konnte. Nach rechts gingen drei Türen ab, *Raum 001*, *Raum 002* und *Raum 003*. Nachher, wenn er mal auf die Toilette mußte, wollte er nachsehen, wie die drei Räume des anderen Gangs numeriert waren. Das Innere von Raum 003 erinnerte Herrn Jensen an ein kleines Klassenzimmer. Dreimal drei Schulbänke mit jeweils zwei Stühlen blickten nach vorn, wo auf dem Lehrerpult ein Overheadprojektor und dahinter eine abwischbare Tafel auf einem dreibeinigen

Gestell stand. Dazwischen saß ein Mann um die Fünfzig, den Herr Jensen eigentlich als Handwerker eingeschätzt hätte. Der Mann war nicht besonders groß, aber sehr stämmig, hatte einen hohen, dichten Haaransatz und trug einen Schnurrbart und eine dunkelbraune Lederweste. Er schaute immer wieder auf seine Uhr, blickte in die Runde und machte sich Notizen. Der Stift wirkte in seinen großen Händen, die tatsächlich eher zu einem Schlosser als zu einem Lehrer paßten, verloren und zerbrechlich in einem sehr konkreten Sinne.

Herr Jensen setzte sich unwillkürlich dorthin, wo er die ganze Schulzeit über gesessen hatte: letzte Bank, Fensterreihe außen. Hinter der Baracke war ein verwahrloster Hof zu sehen, in dem eine wilde Müllkippe entstanden war. Alte Kühlschränke, Schrankteile und Autoreifen lagen übereinander. Herr Jensen schaute seine Mitschüler an, die jeder für sich in einer der freien Bänke saßen. Nur die letzten beiden Teilnehmer, die ein paar Minuten nach der offiziellen Anfangszeit eintrafen, mußten sich zu jemand anderem mit an den Tisch setzen. Herr Jensen war froh, daß er verschont blieb. Die Peinlichkeit einer Banknachbarschaft war das letzte, was er sich im Moment wünschte.

Der Handwerker am Lehrerpult legte endlich seinen Stift zu Seite, blickte noch einmal in die Runde und stand auf. Obwohl sich vorher niemand unterhalten hatte, schien es nun noch stiller zu werden. Wie in der Schule. »So«, sagte er. »Dann wollen wir mal.« Er nickte einer Frau zu, deren Bank dem Ausgang am nächsten war. »Können Sie bitte mal die Tür zumachen?« Dann baute er sich vor der Tafel auf und begann mit der Ansprache, die er schon oft gehalten haben mußte. »Ich begrüße Sie alle herzlich in unserem Schulungszentrum zu Ihrer Maßnahme. Ich bin der Leiter dieser Einrichtung, mein Name ist Fegers, großer Feger, kleines s, wenn Sie verstehen, was ich meine.« Auch wenn es jetzt nur noch ein Standardsatz war, konnte man Herrn Fegers immer noch ansehen, daß er irgendwann einmal sehr zufrieden mit diesem Scherz gewesen war. »Ich kann in aller Bescheidenheit sagen, daß ich dieses Schulungszentrum hier aufgebaut habe. Vielleicht haben sich einige von Ihnen schon ein bißchen gewundert, warum der Kurs in so einer Baracke stattfindet.« Herr Jensen nickte unwillkürlich. »Ich kann es Ihnen sagen«, fuhr Herr Fegers fort. »Weil das hier mein alter Arbeitsplatz war. Für mich ist es aber keine Baracke. In diesen heiligen Hallen habe ich früher Lehrlinge ausgebildet. Nachdem der Betrieb Pleite gemacht hatte, beschloß ich, den Schritt in die Selbständigkeit zu wagen. Ich bin nie jemand gewesen, der seine Hände in den Schoß legt und fragt, was der Staat für ihn tun kann«, er hielt plötzlich inne. »Also, ich meine, nichts für ungut, Sie tun ja etwas für sich, indem

Sie hierherkommen«, er blickte die Schüler an. Niemand schien ihm zuzuhören. »Wie dem auch sei, ich bin der Typ, der sich fragt, was *er* für *sich* tun kann. Also habe ich dieses Gebäude angemietet und zu einem modernen Schulungszentrum ausgebaut. Mittlerweile führen wir hier in enger Kooperation mit dem Amt eine Vielzahl von Schulungen durch, die zu hundert Prozent vom Amt gefördert und bezahlt werden. Das Geschäft läuft so gut, daß wir mittlerweile sogar planen, ein weiteres Schulungszentrum zu eröffnen. Und ich als Geschäftsführer darf Ihnen sagen, daß ich auch – und gerade wirtschaftlich – sehr gut zurechtkomme. Sie sehen also«, fuhr Herr Fegers in seiner Ansprache fort, »die Schließung meines alten Betriebs war das Beste, was mir je passiert ist. Und ich hoffe, daß Sie das eines Tages auch von sich sagen können. Mit diesem Kurs, für den Sie sich entschieden haben ...«, er sprach langsamer und schaute unauffällig auf dem Zettel vor sich nach dem Kursnamen, »mit ›Fit for Gastro‹, ist der erste Schritt getan. Und wenn es nicht klappen sollte, hoffe ich, daß Sie uns in guter Erinnerung behalten und wir Sie zu einem der zahlreichen anderen Kurse aus unserem Angebot begrüßen können.« Herr Fegers blickte beifallheischend in die müde Runde. Als keine Reaktion kam, schien er etwas enttäuscht. »Übrigens: Unsere Kurse werden sehr genau vom Amt kontrolliert. Wir müssen daher vor jeder Unterrichtseinheit Ihre

Anwesenheit überprüfen und Sie bei unentschuldigtem Fehlen an das Amt melden. Sicher haben Sie dafür Verständnis. Wenn Sie sonst irgendwelche Fragen haben, können Sie jederzeit zu mir kommen. Mein Büro ist genau auf der anderen Seite in Raum 103.« Er machte eine Armbewegung, als ob der Weg dorthin nicht ein paar Schritte, sondern endlos weit entfernt läge. Dann verabschiedete er sich und ging hinaus.

Auf Herrn Fegers folgte in den nächsten sechs Wochen eine Prozession merkwürdiger Gestalten, die sich als ihre Lehrer vorstellten. Es gab die kleinwüchsige Frau Krausch mit einer riesigen Hornbrille, einem Sprachfehler und einem scheinbar unerschöpflichen Vorrat häßlicher Strickpullover, die ihnen berichtete, früher in Herrn Fegers' Betrieb die Personalchefin gewesen zu sein. Sie erzählte ihnen, sich vor Bewerbungsgesprächen ordentlich anzuziehen und möglichst interessiert zu tun und keinen Kaugummi zu kauen. Dann war da der forsche Herr Forkner, der Herrn Jensen durch seine Leibesfülle, den dunklen Schnurrbart und die Glatze stark an eine der Seekühe an der Wand in Frau Ortners Büro im Amt erinnerte. Obwohl sie sich während der Unterrichtszeit nur in Raum 003 aufhielten und während des gesamten Kurses nichts Praktisches tun mußten, trug Herr Forkner stets einen blauen Nylonkittel, der über seinem Bauch spannte.

Herr Jensen saß wie alle anderen Schüler die ganzen sechs Wochen über auf dem Platz, den er sich am ersten Tag ausgesucht hatte, und schaute nach vorn. Es gab nichts zu lernen, also gab es auch nichts mitzuschreiben. Die wesentliche Qualifikation, die ihre Lehrer vorzuweisen hatten, war, daß sie früher Kollegen von Herrn Fegers gewesen waren. Speziell Gastronomisches behandelte keiner von ihnen, auch wenn manche immerhin versuchten, einen Bezug zu diesem Thema herzustellen.

Dazu gehörte Herr Weber, ein ungelenk wirkender, etwa vierzigjähriger Mann mit blonden Haaren, der meist einen Pullover mit V-Ausschnitt über seinen karierten Hemden trug. »Ich grüße Sie, Weber der Name«, sagte er, als er das erste Mal den Raum betrat. »Ich soll Ihnen ein bißchen was über Computer erzählen. Sie haben vielleicht schon Herrn Fegers getroffen, den Leiter hier vom Schulungszentrum. Wir kennen uns noch aus dem Betrieb, in dem wir früher beide gearbeitet haben, wo ich der EDVler war, also zuständig für alles, was mit Computern, Datenschutz und so weiter zu tun hatte. Wenn ich richtig informiert bin, sind Sie ›Fit for Gastro‹. Es ist Ihnen sicherlich klar, daß in der heutigen Zeit nichts mehr ohne Computer geht. Ob das im Einzelhandel ist, in der Logistik, in der Drucktechnik oder eben in der Gastronomie. In Gaststätten und Hotels ist heute alles computerisiert. Viele sind sogar schon im Internet, und der

Gast kann sich sein Zimmer oder sein Schnitzel bequem per E-Mail von zu Hause aus bestellen. Also müssen Sie, um ›Fit for Gastro‹ zu werden, sozusagen auch ›Fit for Computer‹ sein.« Herr Weber sprach mit monotoner Stimme ohne äußerlich erkennbare Emotionen. In den folgenden Wochen erklärte er ihnen immer dienstags und freitags, wie man einen Computer anschaltete und wie man ein Textverarbeitungs- und ein Tabellenprogramm benutzte.

Herr Jensen hatte sich noch nie im Unterricht gemeldet. Schon früher in der Schule hatte er nur geantwortet, wenn die Lehrer ihn ansprachen. Für seine eifrigen Mitschüler, die andauernd Fragen stellen oder Antworten geben wollten, hatte er nie Verständnis gehabt. Immer wieder hatten sie ihre Hände gehoben, manche sogar geächzt, mit den Fingern geschnipst oder die Antwort in die Klasse hineingerufen, um die Aufmerksamkeit auf sich zu ziehen. Herrn Jensen hatte das nie betroffen. So war das einzige, was ihm an »Fit for Gastro« gefiel, daß kein einziger Teilnehmer sich jemals meldete oder auch nur während des Unterrichts redete. Und keiner der Lehrer stellte jemals eine Frage. Herr Jensen konnte in Ruhe auf die wilde Müllhalde im Hinterhof starren, ohne daß es jemanden interessierte.

Dabei hätte es eine Menge Fragen gegeben, die Herr Jensen zu stellen gewußt hätte. Er hätte beispielsweise gefragt, warum keiner der Lehrer, die sie hier auf eine Karriere in der Gastronomie vorbereiten sollten, jemals in einem solchen Betrieb gearbeitet hatte. Er hätte wissen wollen, warum es keine einzige Stunde mit Praxisbezug gab. Herr Jensen hätte womöglich sogar gefragt, warum der Computerunterricht ohne einen einzigen Computer abgehalten wurde, ob es denn überhaupt möglich war, so etwas ausschließlich theoretisch zu lernen. Aber wozu hätte er diese Fragen stellen sollen? Ihre ausweichenden, stotternden und wenig aufrichtigen Antworten konnte er sich selbst ausdenken. Außerdem hätten sie diese Fragen möglicherweise dahingehend mißverstehen können, daß er oder irgend jemand anderer im Kurs ein echtes Interesse daran gehabt hätte, »Fit for Gastro« zu werden. Sie waren hier, um hierzusein, um weiterhin die Bezüge zu bekommen, und Herrn Jensen lag daran, daß seine Teilnahme so unaufwendig wie möglich blieb. Offensichtlich hatten die Lehrer das verstanden. Herr Jensen schwieg.

Nur Anwesenheit war Pflicht. Auch wenn sie im Lauf der Wochen häufig später kommen konnten und in der Regel früher nach Hause gehen durften, so wurde ihre generelle Anwesenheit täglich kontrolliert, wie es Herr Fegers angekündigt hatte. Es ging das Gerücht um, daß es vor einiger Zeit eine unangekündigte Kontrolle vom Amt gegeben hatte, bei der weniger als die Hälfte der in Rechnung gestellten Kursteilnehmer angetroffen werden konnte. Das hatte zu einer strengen Ermahnung geführt sowie der Androhung einer Aufkündigung der Zusammenarbeit durch das Amt, was das sichere Ende des gesamten Schulungszentrums bedeutet hätte, von Raum 001 bis Raum 103.

008

Herr Jensen faßt einen Plan

Herr Jensen war nach der Einführung durch ihn davon ausgegangen, daß Herr Fegers sie am letzten Tag der Schulung auch verabschieden würde. Dem war glücklicherweise nicht so. Vor der letzten Mittagspause zog Herr Weber eine Mappe mit ihren gestempelten Bescheinigungen aus seiner Tasche. Alle steckten ihre Schreiben sorgfältig und vorsichtig ein, schließlich war der Erhalt dieses Stücks Papier der einzige Sinn der vergangenen Wochen gewesen.

Herr Weber schaute die Teilnehmer an, die sich darauf vorbereiteten, für den Rest der Zeit gleichgültig auf ihren Plätzen zu sitzen. »Wenn Sie wollen, können Sie auch gern noch bleiben«, sagte er mit etwas, das man wohl als Lächeln verstehen sollte. »Vielleicht interessieren Sie sich ja für Makros. Dann bleiben Sie, noch einen Schein bekommen Sie dafür aber nicht. Ansonsten können Sie gehen.«

Daß keiner von ihnen sofort verstand, was Herr Weber gerade gesagt hatte, lag nur zum Teil daran, daß er sich immer etwas umständlich ausdrückte.

Sie hatten in den vergangenen Wochen gelernt, ihm nicht zuzuhören, und schließlich traute ihm auch niemand Humor zu. In der seinen Worten folgenden Stille erwachten die ersten nach ein paar Augenblicken aus ihrem »Fit-for-Gastro«-Zustand, erhoben sich, machten eine Art Abschiedskopfbewegung, die sich an niemanden im besonderen richtete, und gingen hinaus. Als auch Herr Jensen verstanden hatte, daß Herr Weber sie soeben entlassen hatte, rückte er seinen Stuhl zurecht, warf noch mal einen Blick aus dem Fenster auf die inzwischen vertraut gewordene Müllkippe hinter der Baracke und verließ grußlos zum letzten Mal Raum 003. Ihm war fast schon etwas wehmütig zumute.

Das darauffolgende Wochenende empfand Herr Jensen als selten erholsam. Der Gedanke, seine Maßnahme hinter sich zu haben, war wohltuend. Und doch spürte er eine seltsame Leere. Herr Jensen dachte darüber nach, wie er diese letzten Wochen für sich einordnen sollte. Sicherlich hatte er vorher nichts erkennbar Sinnvolleres getan, trotzdem hatte er den Kurs als unsagbar lästig empfunden. Ihm stellte sich jetzt die Frage, wie es weitergehen sollte. Herr Jensen spürte, daß er sich in kurzer Zeit in seinem zeitlosen Dasein zwischen Bett und Fernseher wiederfinden würde, wenn er sich nicht etwas Konkretes überlegte. Und dann würde ihn das Amt erneut zu einem furchtbaren Kurs schicken. Das mußte unter allen Umständen vermieden werden. Es war an der Zeit, dachte Herr Jensen, daß er selbst etwas unternahm, daß er etwas mit sich anfing. Wenn er selbst aktiv wurde, dann konnte er vielleicht die Gefahr reduzieren, daß andere etwas mit ihm machten. Es müßte etwas sein, das ihn interessierte, oder etwas, wozu er Talent besaß.

Herr Jensen lag das ganze Wochenende über in seinem Sessel und dachte nach. Am Sonntag vormittag hatte er einen interessanten Gedanken gefaßt. Am frühen Sonntag nachmittag war in Herrn Jensen ein konkreter Plan gereift, und er lächelte zufrieden.

Am Montag brachte er zunächst seinen Schein zum Amt. Weil er ein Gespräch mit Frau Ortner vermeiden wollte, gab er das Schreiben gegen Erhalt einer Empfangsbestätigung beim Pförtner ab. Danach fuhr er in die Stadt, wo er sich in einem Laden für gebrauchte Elektroartikel einen Videorekorder kaufte.

Es gab viele Gründe, warum Herr Jensen gern Gebrauchtwaren kaufte. Natürlich waren sie vor allem billig, aber im Gegensatz zu einem vergleichbaren Gerät aus dem Kaufhaus waren Gebrauchtwaren außerdem in der Regel hochwertiger, weil seiner Überzeugung nach mangelhafte Waren es eher in die Mülltonne als in einen Gebrauchtwarenladen schafften. Die Rolle, die Verpackung, Design und Werbung im Verkauf von Neuwaren spielten, wurde immer größer, bei Gebrauchtwaren dagegen interessierte das niemand. Wichtig war nur, daß ein Produkt robust und möglichst reparabel war. Wenn ein bestimmtes Gerät störanfällig war, sprach sich das auf dem Gebrauchtwarenmarkt schnell herum. Aber selbst beim größten Fehlkauf war der finanzielle Schaden gering.

Der neue alte Videorekorder von Herrn Jensen war jedenfalls ein sehr gutes Gerät. Zu Hause angekommen, schloß er ihn gleich an und machte erfolgreich Probeaufnahmen. Er studierte die Bedienungsanleitung, legte das Fernsehprogramm auf den Tisch und kreuzte die entscheidenden Sendungen an, die er programmieren wollte. Das alles war für sein Vorhaben essentiell. Herr Jensen hatte endlich den Plan gefaßt, den Dingen auf den Grund zu gehen.

Beim Nachdenken über seine Zukunft hatte Herr Jensen erkannt, daß ein Mensch am liebsten das tat, wozu er am meisten Talent hatte. Wenn man auf einem Gebiet nicht talentiert war, erzielte man keine Erfolge, es machte keinen Spaß, und man ließ es wieder bleiben. Im Umkehrschluß machte man die Dinge, für die man talentiert war, gern und häufig. Er hatte in den vergangenen Monaten sehr viel ferngesehen. Also schloß Herr Jensen, daß er großes Talent zum Fernsehen besitzen mußte. Diese Schlußfolgerung hatte ihn zunächst selbst überrascht, aber je länger er darüber nachdachte, desto klarer erschien es ihm. Nun galt es, mit diesem Talent etwas anzufangen.

Herr Jensen hatte auch darüber nachgedacht, was er im Fernsehen sah. Die meisten Sendungen dort hatten einen nachvollziehbaren Sinn. Es gab Nachrichten-, Sport- und Kultursendungen, die in irgendeiner Weise der Information des Zuschauers dienten. Es gab Spielfilme und Serien, die eine Geschichte erzählten. Es gab Ratgebersendungen, deren Sinn offensichtlich war. In Spielsendungen konnte man etwas gewinnen, Kindersendungen waren für Kinder. Aber in zunehmender Anzahl gab es auch Sendungen, die überhaupt keinen Sinn zu haben schienen. Leute schrieen sich an, zogen sich aus, schliefen miteinander oder schlugen aufeinander ein. Es ging nicht um Informationen, es gab keine Geschichte, es gab keine Ratschläge, und das Ganze war gewiß nicht für Kinder gedacht. Die handelnden Personen repräsentierten keine Partei, sie waren vollkommen unbekannt und zeichneten sich durch keine erkennbaren Fähigkeiten aus. Einer war dick, der andere war dünn, und beide warfen das lautstark einander vor.

Jeden Tag gab es solche Sendungen auf nahezu allen Sendern. Es wurde viel Geld dafür ausgegeben, diese Sendungen herzustellen und auszustrahlen. Stundenlang wurde Sendezeit blockiert, in der man etwas anderes hätte zeigen können. Dabei war das Fernsehprogramm doch nicht etwas, das versehentlich passierte. Es war kein Zufall, daß dort stundenlang Menschen redeten, die keinen vollständigen Satz formen konnten. Ganze Sendungen bestanden beinahe ausschließlich aus genau den Worten, die Herr Jensen seit Jahrzehnten niemanden auch nur zufällig im Fernsehen hatte sagen hören. Wenn das Ganze auf den ersten Blick keinen Sinn ergab, dann mußte es doch wenigstens in irgendeinem größeren Zusammenhang stehen. Warum sonst sollte man so etwas im Fernsehen zeigen, im offiziellen Fernsehen, dachte Herr Jensen.

Daher hatte er sich vorgenommen, sein Talent dazu einzusetzen, der Lösung des Problems auf die Spur zu kommen, den Sinn zu ergründen. Er würde jede dieser Sendungen ansehen und sie analysieren. Bei zeitlichen Überschneidungen würde er eine Sendung aufnehmen und sie am kommenden Tag nachholen. Herr Jensen wollte dem System auf den Grund gehen. Es konnte nie schaden, dachte er, so gut wie möglich informiert zu sein. Es war etwas, das seinen Neigungen entgegenkam. Und es gab für ihn keinen Zweifel, daß er das Ganze verstehen konnte, wenn er nur lange genug darüber nachdachte. Ausreichend Zeit hatte er ja.

Vielleicht, dachte Herr Jensen, würde er sogar über die reine Analyse hinauskommen. Schließlich nahm sich sonst kein Mensch die Zeit, all diese Sendungen über einen langen Zeitraum kritisch zu verfolgen. Vielleicht würde er Ideen für grundlegende

Verbesserungen haben. Sicher war jeder imstande fernzusehen, aber das bedeutete nicht, daß dort, in diesem scheinbar so Offensichtlichen, keine Entdeckungen gemacht werden konnten. Über Tausende von Jahren hatte jeder Mensch seine Erfahrungen mit der Schwerkraft gemacht, aber trotzdem hatte nur ein Mensch sie beschrieben, der nun allgemein als Genie galt. Und das Fernsehen war wesentlich jünger als die Schwerkraft. Vielleicht war das die Aufgabe, auf die er so lange gewartet hatte. Zwar waren Herrn Jensen diese selbstgefälligen Phantasien etwas peinlich, aber er fühlte sich auch durch sie beflügelt. Das konnte nichts Schlechtes sein.

009

Herr Jensen setzt sich ein

Die Umsetzung seines Plans war deutlich schwieriger, als Herr Jensen es erwartet hatte, was wiederum zu erwarten war, hatte er doch die Erfahrung gemacht, daß sich jeder seiner Pläne in der praktischen Umsetzung als schwieriger erwies, als Herr Jensen erwartet hatte.

Er sah sich die Sendungen an, machte einige Notizen und wertete sie später gründlich aus.

Mit der Zeit wurde die Arbeit aufwendiger. Es ergaben sich Querverweise auf vorangegangene Sendungen. Ihnen wollte Herr Jensen besondere Beachtung schenken, weil gerade solche Querverweise eine besonders wichtige Rolle spielen konnten. Zuerst fiel ihm auf, daß einige der Personen in mehreren Sendungen hintereinander auftraten, allerdings meist bei vollkommen unterschiedlichen Themen. Es konnte zum Beispiel passieren, daß dieselbe Person in einer Sendung homosexuell war, ein paar Wochen später zugab, die Freundin betrogen zu haben, und wieder ein paar Wochen später vorgab, noch nie Sex gehabt zu haben.

Genauso interessant waren thematisch verwandte Sendungen. Regelmäßig wurden beispielsweise Übergewicht und partnerschaftliche Treue thematisiert. In solchen Fällen sah es Herr Jensen als besonders wichtig an, die Zusammenhänge zu durchschauen. Dazu mußte er seine Notizen durchgehen und die miteinander in Beziehung stehenden Stellen finden. Das war nicht einfach, denn die Querverweise wurden selten direkt gegeben, häufig waren sie nur für einen aufmerksamen Beobachter wie Herrn Jensen erkennbar. Um sich die Arbeit zu erleichtern, versuchte er, eine bessere Systematik in seine Notizen zu bringen, was einen hohen zeitlichen Aufwand bedeutete. Mit der Zeit fielen Herrn Jensen immer mehr Sendungen auf, die für ihn von Bedeutung sein könnten. Traten gelegentlich echte Politiker oder andere Personen des öffentlichen Lebens in den für ihn relevanten Sendungen auf, hatte er dies zunächst für unwichtig gehalten, seine Meinung aber bald korrigiert. Dokumentationen über das Fernsehen selbst oder Berichte über die Macher solcher Sendungen spielten eine wichtige Rolle für das Gesamtbild, das wurde Herrn Jensen im Laufe seiner Arbeit klar. Er war sich sicher, einer ganz großen Sache auf der Spur zu sein.

Nach ein paar Wochen fühlte er sich seiner geheimen Aufgabe nicht mehr gewachsen. Auf seinem Wohnzimmertisch hatte sich ein riesiger Stapel auszuwertender Protokolle und Videokassetten angehäuft, der stetig anwuchs. Eines Nachts kam Herrn Jensen die rettende Idee, und am nächsten Tag kaufte er sich einen zweiten Videorekorder. Nun konnte er in Ruhe seinen Stapel abarbeiten, während er die laufenden Sendungen aufzeichnete. Leider erwies sich selbst dieser Schritt als unzureichend: Wenn Herr Jensen seine Notizen bearbeitet hatte, bekam er Schwierigkeiten, sich die aufgezeichneten Sendungen anzusehen, weil beide Videorekorder programmiert waren.

Er erhöhte auf vier Videorekorder, die durch ein Dickicht von Kabeln untereinander und mit dem Fernseher verbunden waren. Er konnte nun zwei Sendungen gleichzeitig aufnehmen und eine aufgenommene Sendung Bild für Bild analysieren, ohne dabei wertvolle Zeit zu verlieren, weil er gleichzeitig mit dem vierten Gerät schon die nächste Kassette zurechtspulte. Er arbeitete Tag und Nacht, seine Notizen wurden immer umfangreicher, er bewahrte sie in dicken Aktenordnern auf, die er nach einem ausgeklügelten System ordnete und in seinem Wandregal abstellte. Doch der Berg von Videokassetten wuchs mit jedem Tag. Anfangs hatte er sie mit römischen Ziffern beschriftet, weil ihm das erhabener, der Bedeutung des Unternehmens angemessener vorgekommen war. Längst aber numerierte er arabisch. Die Notizen, die er bei Gelegenheit noch einmal auf besonders versteckte Hinweise durchgehen wollte, waren von einem kleinen Stapel zu einem umfangreichen Aktenordner angewachsen und fehlten ihm jetzt natürlich immer wieder bei der Auswertung neuen Materials.

Wenn er tief in der Nacht aufgeben mußte, weil er sich nicht mehr konzentrieren konnte und ihm die Augen zufielen, wenn er später in seinem Bett trotz großer Erschöpfung nicht schlafen konnte und dem Sirren der Apparate aus dem Wohnzimmer lauschte, dachte Herr Jensen immer häufiger mit leiser Verzweiflung darüber nach, wo das alles enden sollte.

010

Herr Jensen trifft eine Entscheidung

Mit einem lauten Seufzer schaltete Herr Jensen an einem Mittwochmorgen seinen Fernseher aus. Nicht mit seiner Fernbedienung. Nein, er erhob sich und drückte den Knopf direkt am Apparat. Weil er gerade davor stand, was nicht oft der Fall war, denn normalerweise betrachtete er seinen Fernseher aus gebührendem Abstand, und eigentlich auch nicht den Apparat selbst, sondern seine hellen Bilder. An diesem Mittwochmorgen stand Herr Jensen aber vor ihm, und zum ersten Mal fiel ihm die dicke Staubschicht auf der Mattscheibe auf. Er suchte sich ein Staubtuch und begann, die Glasscheibe abzustauben. Bei jeder Berührung knisterte es, weil die Bildröhre noch aufgeladen war.

Der Staub verband sich unter seinem Lappen zu kleinen grauen Würmern, die hartnäckig auf der Scheibe klebten und die Herr Jensen nur mit Mühe entfernen konnte. Nun erwachte in Herrn Jensen ein kleines, schwach fauchendes Flämmchen Putzleidenschaft, das ihn nach der Glasscheibe auch noch das Gehäuse des Fernsehers putzen ließ, angefangen mit der Stirnseite, ihren vielen Knöpfen und Teilen der Verkleidung, und er endete bei der Rückwand des Gehäuses. Dazu zog er sogar den Netzstecker heraus und drehte den Apparat auf seinem Tischchen herum. Schließlich trat er ein paar Schritte zurück, stellte sich vor seinen eigenen Fernseher wie vor ein Ausstellungsstück im Laden und nickte selbstzufrieden seiner Reflektion in der dunklen Mattscheibe zu.

Dann öffnete Herr Jensen das Fenster und ließ die erfreulich milde Frühlingsluft herein. Es roch gut. Leises Vogelgezwitscher und das ferne Dröhnen einer Baumaschine waren zu hören. Herr Jensen nahm sich wieder einmal vor, häufiger seine Wohnung zu lüften. Er schlug den Staublappen aus und sah versonnen zu, wie der laue Wind die kleine Staubwolke erfaßte und vor sich hertrieb. Dann machte er sich an die Reinigung der Videorekorder. Zum Schluß schaute Herr Jensen erneut aus dem Fenster und dann nach unten auf den Gehsteig. So früh am Morgen waren auf der ganzen Straße keine Menschen zu sehen. Beseelt trat er wieder ins Zimmer zurück, hob den Fernsehapparat an, trug ihn leise ächzend durch den Raum und warf ihn mit einer ruhigen, geschmeidigen Bewegung aus dem geöffneten Fenster.

Es war interessant für Herrn Jensen, wie intensiv ihm die doch kurze Flugzeit des Geräts von seinem Fenster im dritten Stockwerk bis zum Pflaster des Gehsteigs erschien. Obwohl das Ganze nur Sekundenbruchteile dauerte, gewann er den Eindruck, eine Ewigkeit lang zugesehen zu haben und sich daran noch lange genau erinnern zu können. Für einen flüchtigen Moment hatte er sogar sein eigenes Spiegelbild in dem Glas der fallenden Fernsehröhre gesehen, dann drehte sich der Fernseher im freien Fall langsam um die eigene Achse. Eine elegante Bewegung. Nur das hilflos aufgeregte Flattern des Stromkabels störte den würdevollen Gesamteindruck. Beinahe kam es Herrn Jensen vor, als könnte er Hilfeschreie ausmachen.

Nur einen Moment und drei Stockwerke später zerbarst der Fernsehapparat mit gewaltigem Krachen auf dem menschenleeren Gehsteig, und das helle Splittern der Glasscheibe vereinigte sich mit dem trockenen Zerreißen des Plastikgehäuses zu einem eindrucksvollen Geräusch. Nicht einer der vier Videorekorder, die Herr Jensen dem Fernseher folgen ließ, bot ein nur annähernd vergleichbares Spektakel. Hilflos wedelnd flogen sie durch die Luft, asiatische Leichtgewichte, Spielbälle des Windes, und verursachten allenfalls ein sanftes Klopfen auf dem Pflaster. Zwei Apparate, die auf den großen Plastikbruchteilen des Fernsehers aufkamen, schienen durch ihren Sturz nicht einmal sonderlich beschädigt worden zu sein.

Er wußte noch nicht, wie er es erklären sollte, aber nach dieser Tat fühlte sich Herr Jensen freier.

Nachdem er alle Zimmer der Wohnung abgelaufen hatte, verharrte er plötzlich regungslos in der Mitte seines Wohnzimmers. Ihm fiel auf, daß jetzt, wo die Geräte verschwunden waren, seine Einrichtung, Stück für Stück, noch immer dieselbe war, mit der er damals hier eingezogen war. Alles, was ihn umgab, hatte auch schon in seinem alten Kinderzimmer gestanden. Selbst die Wände waren kahl geblieben. Herr Jensen hatte nie gewußt, was für Bilder er dort hätte anbringen sollen. Seine Mutter hatte ihm manchmal zum Geburtstag eine Pflanze geschenkt, aber keine von ihnen hatte aus eigener Kraft länger als ein paar Wochen überlebt. Wenn er irgendwann entdeckte, daß er sie gießen mußte, war es immer schon zu spät gewesen.

Ein Gefühl von Ruhe durchströmte Herrn Jensen.

Er setzte sich zufrieden in seinen Sessel und dachte darüber nach, was er mit seinem neuen Leben anfangen wollte, denn er hatte sich für ein neues Leben entschieden. Und sosehr er sich in den vergangenen Monaten auf das Fernsehprogramm konzentriert hatte, obwohl ihn doch vor allem in letzter Zeit nahezu jeglicher Anspruch bezüglich der Auswahl seiner Sendungen verlassen hatte und er das Programm nicht mehr wie ein kleines Motorboot benutzt hatte, sondern eher wie ein großes Containerschiff, auf dessen Fahrtrichtung man minimalen Einfluß ausübte, sosehr waren doch rationale Gründe der Anlaß für seine Entscheidung gewesen.

Am gestrigen Dienstag hatte er wieder bis tief in die Nacht hinein gearbeitet und war völlig erschöpft eingeschlafen. Aber als er am nächsten Morgen erwachte, war es auf einmal da, noch bevor er die Augen geöffnet hatte: Das Ergebnis seiner monatelangen Recherchen, die Antwort auf die Fragen, die er anfangs selbst nicht gekannt hatte. Plötzlich hatte er es mit aller Klarheit gesehen. Es war, als hätte er es schon immer gewußt, als sei es immer direkt vor seinen Augen gewesen und als habe er nur zu nah davorgestanden.

Das Ganze war keine zufällige Laune. Alles gehörte zusammen. Die dicken Frauen in Unterwäsche und die unbeholfenen Tanzversuche nuschelnder Jugendlicher. Es ging um moralische Normen. Doch während man diese früher in Kursen erlernen und in Benimmbüchern nachschlagen konnte, wurden sie nun auf diese vollkommen andere Art vermittelt. Früher war einem gesagt worden, wie man zu leben hatte. In den Sendungen, die Herr Jensen in den letzten Monaten studiert und analysiert hatte, konnte man statt dessen sehen, wie man *nicht* mehr leben durfte. Darum war es auch möglich, daß dieselben Menschen immer andere extreme Standpunkte vertraten. Sie dienten nur als Mensch gewordene schlechte Beispiele. Und dabei war es gleichgültig, ob sie bezahlte Schauspieler, spielende

Laien oder einfach nur gestörte Menschen waren. Die scheinbar abwegigsten Diskussionen mit Sodomisten und Päderasten zeigten, wo die Grenze verlief, markierten, bis wohin man gehen durfte. Jeder, der diese Grenzen nicht überschritt, konnte davon ausgehen, sich der Norm entsprechend zu benehmen.

Das hatte Herr Jensen herausgefunden. Und er schrieb auf einen Zettel, was demzufolge normal sein sollte:

Man sollte arbeiten gehen.

Man sollte eine Frau oder zumindest häufig Sex haben.

Man sollte viele Freunde haben.

Man sollte die aktuelle Mode kennen.

Man sollte Ahnung von Musik haben.

Man sollte fröhlich sein.

Man sollte Geld haben.

Man sollte schön sein.

Man sollte etwas mit sich anfangen.

Man sollte Träume haben.

Herr Jensen mußte feststellen, daß er nicht normal war. Er seufzte erschöpft. Herr Jensen konnte sich nicht erinnern, jemals etwas falsch gemacht zu haben. Stets hatte er getan, was ihm gesagt worden war, und niemals war er rebellisch geworden. Trotzdem mußte er nun erstaunt erkennen, daß er am Rand der Gesellschaft stand. Er fragte sich, warum ihm die Normen, die er durch seine Forschungsarbeit freigelegt hatte, nicht einfach in der Schule beigebracht worden waren. Was, wenn er sich nicht die Mühe seiner Analyse gemacht hätte? Hätte er niemals davon erfahren?

Er wußte, daß er nicht einmal Entdeckungen zu verkünden hatte, weil außer ihm offensichtlich alle Bescheid wußten. Seine Arbeit hatte ihm die Augen geöffnet und war dennoch vollkommen sinnlos gewesen. Deswegen traf er eine Entscheidung. Denn seine Mißbilligung der Lage der Dinge würde nur unnötig und ohne weiteren Nutzen seinen Blutdruck oder seinen Puls erhöhen. Ab jetzt würde er kein Fernsehen mehr schauen, kein Radio mehr hören. Mit Hilfe seiner Notizen konnte er belegen, daß diese Dinge nichts mit ihm zu tun hatten. Es war sogar wahrscheinlich, daß Herr Jensen ohne das Fernsehen mehr erfahren konnte als andere. Er würde auch keine Zeitungen mehr lesen, er würde nichts mehr lesen. Für Herrn Jensen würde es das alles ab jetzt nicht mehr geben. Für ihn zählte nur noch der Tag und daß er endlich frei war.

011

Herr Jensen sieht der Lage ins Gesicht

Obwohl er natürlich auch an diesem entscheidenden Mittwoch keinen Alkohol getrunken hatte, fühlte sich Herr Jensen am nächsten Morgen wie verkatert. Bis spät in die Nacht hatte er in seinem Zimmer gesessen und sich zu seiner Entscheidung beglückwünscht. Glücksgefühle durchrauschten ihn wie warme Wogen, und er mußte sich zusammennehmen, um nicht plötzlich laut loszusingen. »Kein Fernsehen, kein Radio, keine Politik mehr«, sagte er immer wieder vor sich hin, um sich plötzlich wie ein Fußballer nach einem Tor jubelnd in die Mitte seiner Küche zu stellen und zu brüllen: »Und auch kein ›Vermischtes‹ mehr!« Danach hatte er die Arme hochgerissen und war auf die Knie gegangen, während er den Tausenden von Zuschauern auf den imaginären Rängen zuwinkte.

Jetzt, am Morgen danach, sah die Welt wieder etwas komplizierter aus. Zwar war Herr Jensen eine Last losgeworden, andererseits gab es nun auch kein Projekt mehr. Während er seinen Kaffee kochte, dachte Herr Jensen über seine Jubelgeste auf dem

Linoleum des Küchenfußbodens nach. Noch nie war er selbst bei einem Fußballspiel gewesen, Jubel kannte er nur aus dem Fernseher, dessen Überreste vermutlich noch immer als Sondermüll vor seiner Haustür lagen. Es war also reichlich paradox, mit so einer Geste das Ende seiner Beinflußung feiern zu wollen, als würde man das Ende seines Alkoholismus mit einem tüchtigen Saufgelage zelebrieren.

Wie sehr sich der Fernsehjubel im Lauf der Zeit geändert hatte, fiel ihm plötzlich auf. Obwohl er sich kaum für Fußball interessierte, hatte er doch schon jede Menge Jubel mitangesehen. In den alten Schwarzweißaufnahmen rissen die Fußballer kurz die Arme hoch, selbst wenn sie das entscheidende Tor zum Gewinn der Weltmeisterschaft geschossen hatten. Und am Ende des Spiels schüttelte der Trainer dann mit einem Ausdruck tiefer Freude im Gesicht jedem Spieler herzlich die Hand. Heutzutage konnte das unwichtigste Tor im belanglosesten Freundschaftsspiel fallen, und der Torschütze rannte wie von Sinnen jubelnd über den Platz, auf der Flucht vor allen anderen Spielern, die ihn natürlich doch irgendwann einfingen und schließlich unter sich begruben. Weniger Jubel war im Grunde genommen schon beinahe ein Ausdruck von Unzufriedenheit, aber es wurde immer schwieriger, noch mehr Jubel zu zeigen, wenn es wirklich einmal das entscheidende Tor zur Weltmeisterschaft war, das ein Spieler schoß.

Im nahe gelegenen Park spielten oft ein paar Leute Fußball, und Herr Jensen hatte sich schon manches Mal daneben gestellt und ein bißchen zugesehen. Weil es kaum Zuschauer gegeben hatte, kein Stadion und die Männer in normaler Kleidung spielten, hatte Herr Jensen diesen Spielen keine Bedeutung beigemessen. Auf Nachfragen hätte er geantwortet, daß er noch nie beim Fußball gewesen sei. Das, dachte Herr Jensen, das war genau die Art von Problem, die er loswerden wollte. Warum sollte ein Fußballspiel ohne Fernsehkameras weniger wert sein als Fußball mit Kameras? So oder so war es ein Spiel, das Menschen miteinander spielten. Und ob die Spieler mehr oder weniger Geld dafür bekamen und die Zuschauer mehr oder weniger Geld dafür bezahlten, und ob die Spieler besser oder schlechter spielten, deswegen blieb es doch in jedem Fall ein Spiel.

Herr Jensen lächelte versonnen in seine Kaffeetasse. Der Gedanke an die Fußballspieler im Park verschaffte ihm eine erste Ahnung davon, wie er zukünftig an die Dinge herangehen wollte und wie er die Welt sehen konnte. Das beruhigte ihn ein wenig.

Er trank noch einen Schluck Kaffee. Eigentlich erstaunlich, wie eine Frucht aus dem Urwald ihren Weg über den Ozean und dann geröstet unter das Wasser seines Hahns gefunden hatte. Kaum zu glauben, auf was die Menschen alles kamen. Daß es gerade der Kaffee geworden war. Sicher hatten dabei unendlich viele Zufälle eine Rolle gespielt. Er fragte sich, ob unter anderen Umständen auch die Hagebutte das Rennen hätte machen können. Herr Jensen sah jetzt sein breites Grinsen auf der glänzenden Oberfläche seines Kaffees. Er wußte nicht, wann er diesen Anblick das letzte Mal gesehen hatte. Genüßlich nahm er einen großen Schluck und spürte die warme, belebende Wirkung des Kaffees. Er würde in Zukunft keine »freie« oder irgendeine anders spezifizierte Zeit haben. Für Herrn Jensen gab es nur noch Zeit, und er würde gelassen abwarten, was die ihm brachte. Jetzt gerade trank er eine Tasse Kaffee, und das war gut so.

Irgendwann stand er auf, zog sich an und ging hinunter in den Park. Er wollte jemandem von seinem neuen Leben berichten, hören, was andere Leute zu seinem Entschluß sagen würden. Er setzte sich auf eine Parkbank in gebührlichem Abstand neben eine Frau. Herr Jensen schaute ins Leere und genoß die Wärme der Sonne auf seiner Haut. Die Frau las in einem Buch.

»Ein schöner Tag heute«, sagte Herr Jensen. Die Frau schaute ihn nicht einmal an. Sie kramte in ihrer Tasche, setzte sich Kopfhörer auf, packte ihr Buch ein und verließ rasch die Bank. Eine Weile später kam ein Mann mit einer kleinen Wasserflasche und einer Zeitung. Er setzte sich auf den Platz, doch als sich Herr Jensen räusperte, sprang er wieder auf, griff seine Sachen und verschwand. Enttäuscht schaute sich Herr Jensen um.

Er sah Leute mit ihren Mobiltelefonen durch den Park aneinander vorbeilaufen. Wenn zwei Menschen telefonierend nebeneinander herliefen, mußte er immer denken, daß sie vielleicht miteinander sprachen. Wie sollte man zu solchen Leuten Kontakt aufnehmen? Wie sollte er überhaupt jemandem von seiner Idee erzählen? Selbst wenn er alte Bekannte oder gar seine Eltern angerufen hätte, wäre nichts dabei herausgekommen. Sie hätten irgend etwas Unverbindliches gemurmelt und sich auf das Autofahren oder ihren Fernseher konzentriert. Und selbst wenn sie ihm wirklich zugehört hätten, wären sie wohl insgeheim der Meinung gewesen, daß er gerade dabei war, seinen Verstand zu verlieren.

012

Herr Jensen erklärt sich

Die Überreste seiner technischen Geräte waren längst vom Gehsteig verschwunden, als Herr Jensen dort seinen alten Mitschüler Matthias traf, der ihn damals zur Post gebracht hatte. Sie trafen sich alle paar Jahre zufällig auf der Straße. Matthias wohnte seit längerem in einer anderen Stadt und traf Herrn Jensen immer dann, wenn er auf Elternbesuch in die Stadt kam.

Matthias machte irgend etwas mit Geld und bekam allem Anschein nach auch selbst etwas davon ab. Er trug Anzüge mit Krawatten, darüber einen Mantel. Seine Schuhe wirkten stets nagelneu, dunkelbraune oder schwarze, glänzende Halbschuhe, deren Leder mit Lochmustern verziert war. Herr Jensen selbst trug seine Schuhe immer solange es irgendwie ging. Das war am bequemsten, und einen Schuhkauf empfand er als belastend. Aber warum sollte man sich über Schuhe unterhalten, wenn man sich nur alle paar Jahre einmal traf?

Sie gaben sich zur Begrüßung die Hand, wobei Matthias Herrn Jensen mit der linken Hand gleichzeitig auf die Schulter klopfte. Wenn sie sich trafen, waren sie in gewisser Weise immer noch zwei Schüler, die sich gut verstanden, weil sie beide den Physiklehrer haßten und vom anderen schon einmal die Hausaufgaben abgeschrieben hatten. Immer wenn er Matthias traf, fühlte sich Herr Jensen genau wie in seiner Schulzeit. Matthias war beliebt und erfolgreich, und Herr Jensen hörte ihm zu und bewunderte ihn. So tauschten sie meist Belanglosigkeiten über das Wetter aus und zum Schluß noch irgendeine Geschichte aus der Schulzeit.

Matthias begann sofort, von einer neuen Arbeitsstelle und der damit verbundenen Verantwortung zu erzählen, und deutete an, daß er dafür allerdings auch mehr Geld verdienen würde als auf seiner letzten Stelle. Für Herrn Jensen klang er fast wie bei einem Bewerbungsgespräch. Worum aber hätte sich Matthias bei ihm bewerben sollen? Vielleicht vergewisserte er sich nur der Tatsache, daß er seit der Schulzeit weit herumgekommen war. »Und was machst du so?« fragte er Herrn Jensen schließlich.

»Nichts.«

»Wie nichts?« Diese Antwort hatte Matthias offensichtlich noch nie gehört. »Irgend etwas mußt du doch machen.« Die übliche Reaktion.

»Das dachte ich auch«, antwortete Herr Jensen. »Aber man muß gar nichts machen.«

»Und was planst du langfristig zu tun?« Matthias blieb hartnäckig.

»Immer so weiterzumachen«, sagte Herr Jensen.

»Du willst immer *nichts* machen?«

»Sicher, das ist kein einfaches Ziel, und es wird auch nicht leichter. Schließlich wollen heute alle, daß du etwas machst. Aber ich werde dafür kämpfen. So gut wie im Moment ist es mir noch nie gegangen. Sieh mal, ich bin mein eigener Chef, ich kann aufstehen, kommen und gehen, wann ich will. Und im Gegensatz zu anderen Selbständigen trage ich keinerlei unternehmerisches Risiko.« Herr Jensen fühlte sich beschwingt. Wie hatte er die Frage nach seiner Arbeit früher nur so unangenehm finden können?

»Aber was tust du den ganzen Tag?« fragte Matthias, der sich etwas unwohl zu fühlen schien in seinen teuren Schuhen und dem eleganten Mantel.

»Wie ich schon sagte: Ich mache nichts.«

»Ich kann mir das nicht vorstellen. Ich wüßte gar nicht, wie ich den Tag herumbekommen soll.«

»Das genau ist die Kunst«, sagte Herr Jensen. »Das war am schwersten zu lernen. Von Anfang an bekommen wir eingetrichtert, daß wir unsere Tage irgendwie mit Beschäftigung füllen müssen. Das stimmte vielleicht noch vor vielen Jahrzehnten, als morgens alle aufstanden, um die Äcker zu bestellen, weil es im Winter sonst nichts zum Essen gab.

Aber heute stimmt das nicht mehr.« Das Ganze machte ihm langsam Spaß. So klar wie in diesem Gespräch hätte er diese Gedanken früher nicht formulieren können. Es war schon wichtig, daß man ab und zu mit den Menschen sprach, dachte Herr Jensen.

»Aber wenn das alle machen würden –«, setzte Matthias an.

»Das ist überhaupt nicht das Problem«, unterbrach ihn Herr Jensen. »Es gibt viel zu wenig Leute, die nichts machen wollen. Die meisten wollen etwas machen, und davon gibt es zu viele. Es ist eine neue Art der Arbeitsteilung, bei der manche Arbeit bekommen, meistens sogar ziemlich viel. Zum Beispiel du.« Matthias nickte. »Und andere bekommen weniger von der Arbeit ab. Zum Beispiel ich. Das ist praktisch meine gesellschaftliche Rolle. Es können nicht alle nur geben, manche müssen auch nehmen. Die anderen reden, ich höre zu. Die anderen arbeiten, ich verzichte darauf. Es wird zwar nicht so an die große Glocke gehängt, aber eigentlich ist das doch allen klar. Sieh mal, es gibt zum Beispiel ein ganzes riesiges Amt nur für uns.«

»Aber trotzdem kann es so nicht weitergehen. Es sollte mehr Arbeit geben.«

»Doch, genau so wird es immer weitergehen. Immer weniger Leute werden immer mehr produzieren. Menschen wie ich sind der Beweis unseres Wohlstands. Wir werden gebraucht. Kein Unternehmer überlegt sich, wie er neue Arbeitsplätze schaffen kann. Einen neuen Arbeitsplatz wird es nur dort geben, wo man zwei andere dafür abbauen kann.«

Matthias schwieg kurz und kaute auf seiner Unterlippe. »Und wie bringst du nun die Tage zu? Schaust du den ganzen Tag Fernsehen, oder was?«

»Absolut nicht«, sagte Herr Jensen stolz. »Ich habe weder Fernsehen noch Radio, und Zeitung lese ich auch nicht.«

»Und wie ist das?«

»Es ist einfach wunderbar«, antwortete er. »Schau nur jetzt. Wir unterhalten uns nicht über irgendein unwesentliches Spiel oder eine sogenannte Nachricht, die überhaupt nichts mit uns zu tun hat. Statt dessen erzähle ich von mir und du von dir.« Außerdem, fügte er rasch hinzu, scheine es ihm, als würde sich die Welt seit seinem Verzicht auf diese sogenannten Informationen langsamer verändern. »Früher, da konnte ich hundert Mark in der Tasche haben und fühlte mich wie ein reicher Mann. Ich ging nach Hause, schaltete den Fernseher an, sah drei Diagramme über die schlechte wirtschaftliche Lage und fühlte mich sofort bettelarm. Wenn ich heute Geld in der Tasche habe, bleibt es solange dort, bis ich es ausgegeben habe, und nichts passiert. Die Wahrheit ist, daß wir alle stinkreich sind. Ich bekomme weniger Geld als die meisten und doch genug, um jeden Tag satt zu werden und in meiner schönen Wohnung zu wohnen, die im Winter warm und bei Regen trocken ist.«

Matthias trat unruhig von einem Fuß auf den anderen und blickte auf der Straße umher, als wollte er sichergehen, daß niemand ihnen zuhörte. Sein alter Mitschüler lächelte ihn mit entwaffnender Freundlichkeit an und setzte seinen Gedanken fort: »Zuerst mußte ich lernen, meinen Tag ohne den Radiowecker zu beginnen, morgens nicht in jede Zeitung zu gucken, den Abend unabhängig vom Fernsehprogramm zu gestalten. Das war schwer. Da gab es eine Zeit, in der nicht wußte, was ich mit mir anfangen sollte. Mal tigerte ich von einem Zimmer meiner Wohnung ins nächste. Dann setzte ich mich auf meinen Sessel und starrte dahin, wo früher der Fernseher gestanden hatte. Manchmal ertappte ich mich sogar dabei, wie ich leise Nachrichten vor mich hin sprach, die ich mir selbst ausdachte, und verstellte dabei meine Stimme wie ein Nachrichtensprecher. Wenn ich es gar nicht mehr aushielt, verließ ich die Wohnung und lief einfach nur umher. Aber plötzlich schienen überall Zeitungen zu liegen, Radios zu laufen, Fernseher zu flimmern. Ich konzentrierte mich so darauf, nicht hinzusehen und nicht hinzuhören, daß ich überhaupt nichts wahrnahm. Wenn ich wieder in meiner Wohnung ankam, war ich völlig erschöpft.

Aber langsam bekomme ich Dinge mit, von denen ich früher nichts gewußt habe. Die ganz einfachen

Wahrheiten sehen und hören wir nicht mehr, sage ich dir, selbst wenn sie direkt vor unserer Nase sitzen.«

»Was meinst du damit?« fragte Matthias schon leicht alarmiert.

»Es sind Dinge, die ich mitbekomme«, sagte Herr Jensen geheimnisvoll. »Einfach Dinge. Du würdest sie nicht verstehen, weil du unter dem Einfluß dieses weißen Rauschens stehst. Du würdest mich zu einem Spinner erklären, und das will ich nicht. Sagen wir einfach: Dinge, die passieren.«

Matthias streckte da kurz entschlossen seinen linken Arm aus und legte die Uhr am Handgelenk frei. Mit gespieltem Entsetzen schaute er auf das Zifferblatt und meinte, daß er jetzt dringend losmüsse. Er schüttelte seinem Schulfreund kurz die Hand und entfernte sich mit eiligen Schritten, während Herr Jensen noch eine Weile lächelnd auf dem Gehsteig verharrte.

013

**Herr Jensen hat einen Termin
und einen schönen Erfolg**

Herr Jensen begann, sich an sein neues Leben zu gewöhnen. Morgens stand er auf, öffnete das Fenster und hörte den Vögeln zu, während er sein Frühstück aß und immer besser spüren konnte, wie der heiße Kaffee seinen Körper mit einer anregenden Wärme erfüllte und die Bissen seines Brots in seinen Magen wanderten. Herr Jensen hatte Zeit.

Als er eines Morgens aus dem Haus gehen wollte, fiel ihm auf, daß einer der Briefkästen im Hausflur so voll war, daß die Post aus dem Einwurfschlitz ragte und herauszufallen drohte. Es dauerte einen kurzen Augenblick, bis er begriff, daß es natürlich sein eigener Briefkasten war, der da überquoll. Er hatte sich offenbar so fest vorgenommen, nichts mehr von dem zu beachten, was von außen an ihn herangetragen wurde, daß er darüber sogar vergessen hatte, seinen eigenen Briefkasten zu leeren. Herr Jensen kramte den Schlüssel heraus und öffnete vorsichtig die kleine Metalltür. Dutzende von Poststücken fielen ihm entgegen, viele verknickt oder auf den Boden des Briefkastens gedrückt. Herr Jensen beschloß spontan, seinen Spaziergang ausfallen zu lassen, und ging mit seiner Post nach oben in die Wohnung zurück.

Das meiste konnte er sofort wegwerfen, weil es sich um die Darstellung der verschiedensten Möglichkeiten handelte, wie Herr Jensen sein Geld ausgeben konnte. Dieses Thema war für ihn von geringem Interesse, denn erstens brauchte er nichts, und zweitens besaß er einfach wenig Geld, er suchte also nicht nach neuen Möglichkeiten, es ausgeben zu können. Zwei Urlaubspostkarten fanden sich, eine von Harald, eine von seinen Eltern, sie sahen schön aus, man konnte sie als Dekoration an die Wand hängen, die Informationen auf der Rückseite waren ohnehin belanglos.

Zweifellos das wichtigste Poststück war ein Schreiben vom Amt, in dem Herr Jensen aufgefordert wurde, sich schon am nächsten Tag zu einer bestimmten Uhrzeit bei seiner Sachbearbeiterin im Raum Nr. 412 einzufinden. Es war reines Glück, daß ihm gerade an diesem Tag sein überfüllter Briefkasten aufgefallen war. Schließlich bestritt das Amt weiterhin seinen Lebensunterhalt, und Herr Jensen fühlte sich ihm daher in gewisser Hinsicht verpflichtet.

Am nächsten Tag kam er deutlich vor der festgesetzten Uhrzeit im Amt an, zog sich eine Wartenummer und setzte sich auf einen der Stühle vor dem Zimmer von Frau Ortner. Außer ihm saßen nur zwei Frauen und ein älterer Mann auf den rotlackierten Metallstühlen. Alle starrten mißmutig auf den Boden vor ihren Füßen. Herr Jensen bedauerte beinahe, daß der Mann mit Brille nicht da war. Denn jetzt hätte er sich gern mit ihm unterhalten. So saß er nur da und beobachtete die Mitarbeiter, die schweigend auf den langen Gängen des Amts hin- und herliefen, alle trugen irgendwelche Schriftstücke umher. Durch einen Türspalt konnte Herr Jensen in einen Raum mit einem riesigen Kopierer sehen. Alle paar Sekunden betrat ein anderer Mitarbeiter diesen Raum, legte Papiere auf den Kopierer, drückte ein paar Tasten und kopierte Blatt um Blatt.

Wahrscheinlich gab es ein umgekehrt proportionales Verhältnis der Anzahl der Kopien eines Dokuments zu ihrem Gelesenwerden. Leider war Herr Jensen inzwischen aus der Übung, aber als er noch studiert hatte, hätte er sich wahrscheinlich die entsprechende Formel zur Errechnung dieses Verhältnisses herleiten können. Jedes Original besaß eine vorbestimmte Anzahl von Lesern, und diese Anzahl war auch durch Kopieren nicht zu erhöhen. War ein Text dazu bestimmt, nur von einer Person gelesen zu werden, dann konnte man diesen Text hundert- oder tausendmal kopieren, trotzdem würden ihn nicht mehr Leute lesen, dachte er. Bestenfalls würden sich die hundert Leute die Lektüre so aufteilen, daß jeder nur ein Hundertstel des Textes las. Je mehr man also kopierte, desto unwahrscheinlicher wurde es, daß das einzelne Blatt gelesen wurde, resümierte Herr Jensen, während er die aufgeregten Menschen auf den Kopierer eindrücken sah. Wenn ein Manuskript dazu bestimmt war, von zehn Leuten gelesen zu werden, war es im Grunde genommen für den einzelnen bequemer, wenn man zehn Kopien jeder Seite erstellte und allen Beteiligten ein Exemplar gab. Auch ohne das Kopieren würden nur zehn Leute das Manuskript lesen, der Prozeß würde allenfalls länger dauern.

Das Ganze hatte wahrscheinlich längst eine neue Bedeutung angenommen, man bombardierte sich gegenseitig mit Kopien von Kopien, die man selbst nicht gelesen hatte, um sich einen strategischen Vorteil zu verschaffen. Durch das Kopieren wurde die Information zunehmend aufgelöst, wie ein Salzkorn im Meer, und dadurch wurde verhindert, daß das Kopierte seine vorbestimmte Zahl von Lesern erreichte.

Herr Jensen wurde jäh in seinen Gedanken unterbrochen, als die Anzeigetafel piepte und seine Nummer angezeigt wurde. Er trat in den ihm bekannten Raum mit den beiden Schreibtischen. Frau Ortner wies ihm diesmal gleich den Besucherstuhl zu, der zu ihrem Schreibtisch gehörte. Sie sah müde und schlecht gelaunt aus und blickte Herrn Jensen mit dem Blick eines Arztes an, der sich nicht sicher ist, ob sein Patient den kommenden Eingriff überstehen wird.

»Ja, Herr Jensen«, begann sie das Gespräch. »Ich habe Sie eingeladen, weil wir uns wieder mal über Ihre Zukunft unterhalten müssen.«

»Wieso?« fragte Herr Jensen erstaunt und bemerkte, daß er Frau Ortner praktisch nicht kannte und daß ein Gespräch über seine Zukunft insbesondere in seiner momentanen Lage mit Sicherheit den zeitlichen Rahmen dieses Termins sprengen würde.

»Ja, Sie haben sicherlich von den neuen Regelungen gehört, und wir müssen uns darüber unterhalten, inwieweit sich dadurch auch für Sie Änderungen ergeben.«

»Nein«, sagte Herr Jensen.

»Wie nein?« fragte Frau Ortner.

»Ich meine, ich habe nichts über neue Regelungen gehört«, sagte Herr Jensen.

»Wie wollen Sie es nicht gehört haben?« fragte Frau Ortner erstaunt. »Überall wurde doch darüber diskutiert: im Fernsehen, im Radio und in den Zeitungen.«

»Ach so«, sagte Herr Jensen erleichtert. »Fernsehen, Radio, Zeitungen, das alles mache ich schon seit längerem nicht mehr.«

»Aber irgend jemand wird Ihnen doch davon erzählt haben?«

»Vielleicht hat es jemand versucht. Aber ich möchte mich auf das Wesentliche konzentrieren.«

»Wie dem auch sei«, sagte Frau Ortner. »Die neuen Regelungen gelten auch für Sie.«

»Aha«, sagte Herr Jensen. »Und was bedeutet das konkret?«

»Die Richtlinie besagt, daß Arbeitslose verstärkt motiviert werden sollen, ihren Weg in den ersten Arbeitsmarkt zurückzufinden, und daher in besonderem Maße einer Förderung unterliegen.«

Herr Jensen schüttelte den Kopf wie ein nasser Hund. »Entschuldigen Sie bitte, ich verstehe diese Art von Sprache nicht. Könnten Sie mir einfach sagen, was das für mich bedeutet?«

»Sie bekommen immer weniger Geld, und das nur noch für eine kurze Zeit«, sagte Frau Ortner, und Herr Jensen meinte, eine gewisse Gehässigkeit in ihrem Tonfall und ihren Gesichtszügen ausmachen zu können. Er und andere hatten ihre Nerven an diesem Nachmittag wohl schon etwas zu sehr beansprucht.

»Und warum bekomme ich weniger Geld?« fragte er nun. Er hatte befürchtet, daß sie ihn wieder zu so einem schrecklichen Kurs nötigen würde. Aber das hier klang schlimmer.

»Es war überall in den Nachrichten. Die Lage wird immer schlechter, wir müssen den Gürtel enger schnallen, die Konjunktur springt nicht an und so weiter«, sagte Frau Ortner.

»Ich habe davon nichts gesehen«, entgegnete Herr Jensen. »Bei mir zu Hause sieht alles so aus wie immer. Die gleichen Leute gehen mit ihren gleichen Hunden spazieren und fahren mit ihren Autos umher. Sie kaufen ein, sie laufen nebeneinander über die Straße und telefonieren. Und bei mir zu Hause sieht immer noch alles ganz haargenau so aus wie noch vor ein paar Wochen, wahrscheinlich sogar Jahren. Außer daß ich keinen Fernseher und kein Radio mehr besitze, aber die habe ich selbst abgeschafft. Also sagen Sie bitte den zuständigen Stellen Bescheid, daß sich bei mir weder die wirtschaftliche Lage noch sonst irgendwas geändert hat und daß die neuen Regelungen daher für mich nicht zutreffen.«

»Herr Jensen, ich bitte Sie!« sagte Frau Ortner. »Sie können doch nicht von Ihrer kleinen Welt Rückschlüsse auf die schlechte gesamtwirtschaftliche Lage ziehen. Auch wenn es vielleicht bei Ihnen zu Hause nicht zu sehen ist: Die Lage ist schlecht, sehr schlecht.«

»Woher wissen *Sie* denn das, wenn ich fragen darf«, gab Herr Jensen zurück. »Haben Sie bei sich zu Hause irgend etwas bemerkt?«

»Nein, natürlich nicht«, zischte Frau Ortner. »Bei mir zu Hause sieht auch alles aus wie sonst, und die Leute gehen mit ihren Hunden spazieren und kaufen sich jede Woche was.« Sie äffte seinen Tonfall nach. »Aber das heißt doch nichts für die Lage der Nation.«

»Das finde ich nicht«, beharrte Herr Jensen. »Bei

Ihnen ist nichts zu sehen und bei mir auch nicht. Das heißt, daß wenigstens wir beide verlangen könnten, daß uns das Gegenteil bewiesen wird.«

»Aber Sie müssen doch nur den Fernseher anmachen oder eine Zeitung aufschlagen, dann sehen Sie doch, was los ist.«

»Nun, wie ich gerade sagte, tue ich genau das nicht mehr, und mein letzter Informationsstand ist, daß dies meine freie und auch legitime Entscheidung ist. Oder ist man jetzt gesetzlich zum Fernsehen verpflichtet?«

Frau Ortner schüttelte müde den Kopf.

»Also«, und jetzt konnte Herr Jensen nicht verhindern, daß sein Zeigefinger belehrend in die Höhe schnellte, »warum sollen diese Meldungen, die Sie aus zweiter und ich aus dritter Hand höre, realer sein als die Wirklichkeit, die wir beide kennen?«

»Weil es so ist«, sagte die Sachbearbeiterin unsicher.

»Und für mich ist es eben nicht so«, sagte Herr Jensen.

»Vielleicht«, probierte Frau Ortner, das Gespräch in eine andere Richtung zu lenken, »können wir das Ganze auch verhindern, indem wir Sie mit Hilfe einer Schulungsmaßnahme wieder in den ersten Arbeitsmarkt bringen. Ich habe hier vielleicht noch einen Platz.« Sie tippte in ihrem Computer herum. »Hier: ›Fit for Logistics‹, da wäre noch etwas frei.«

Herr Jensen sah sie entgeistert an. »Kennen Sie

denn meine Akte nicht? Ich habe mehr als fünfzehn Jahre bei der Post gearbeitet, bevor mir gekündigt wurde. Ich kenne mich in der Branche aus.«

»Dann ist doch der Kurs vielleicht eine gute Möglichkeit, wieder einzusteigen«, bemühte sich Frau Ortner um Optimismus.

»Nein, mir wurde gekündigt, um Kündigungen zu vermeiden, in der Branche gibt es keinen Wiedereinstieg. Ich bin fit für die Branche, leider ist die Branche nicht mehr fit für mich.«

»Ich glaube, das geht so nicht«, sagte Frau Ortner. »Ich muß hier weitermachen. Wir werden auf Sie zukommen.«

»Und was ist mit meinen Bezügen?«

»Darüber reden wir beim nächsten Termin.«

»Und bis dahin?«

»Bleiben sie unverändert«, sagte Frau Ortner nur.

Herr Jensen konnte nicht wissen, daß Frau Ortner schon darüber nachgedacht hatte, wie schön es wäre, wenn sie jemandem seine Bezüge dauerhaft auszahlen könnte, ohne Einschränkungen, ohne Rückfragen, ohne lästige Termine. Wenn sie mit nur einem Knopfdruck dafür sorgen könnte, daß alle immer Geld bekämen, könnte sie ihren Tag entspannter verbringen. Aber bisher hatte Frau Ortner nie weitergedacht. Zwar gab es viele unangenehme Klienten, aber sie konnte nicht einfach so alle abservieren. Also war es bisher bei dem Gedankenspiel geblieben, schließlich wollte sie ihre eigene Stelle nicht beseitigen.

Bei Herrn Jensen lag der Fall anders. Wie so viele hatte er keinerlei Chance auf einen echten Vermittlungserfolg. Er besaß keine abgeschlossene Ausbildung. Aber vor allem machte er ihr angst. Frau Ortner konnte sehr gut mit den Herumbrüllern umgehen. Sie kamen in ihr Büro und brüllten herum, machten sie für die Ungerechtigkeit dieser Welt verantwortlich. Frau Ortner hatte gelernt, sie einfach brüllen zu lassen, weil sie dann in kurzer Zeit ruhig und zugänglich wurden. Nur wenn man den Fehler machte, dagegenzuhalten oder gar zurückzuschreien, wurden die Herumbrüller noch lauter und unter Umständen sogar gefährlich. Frau Ortner hatte auch keine Probleme mit den Bettlern, den Wehklagenden und den Süßholzraspeln unter ihren Kunden. Herr Jensen dagegen machte ihr angst mit seiner fröhlichen Hartnäckigkeit, der arglosen Penetranz, dem Schimmern in seinen Augen. Nie wieder wollte Frau Ortner ein Gespräch mit diesem Menschen führen. Ein einziger Fall würde niemandem auffallen. Ja, wenn sie darüber nachdachte, war sie sich beinah sicher, daß jeder ihrer Kollegen auch ein, zwei solcher Fälle betreute, ohne großes Aufheben darum zu machen.

Während also Herr Jensen nach Hause spazierte, beschloß Frau Ortner, daß er weiterhin seine Bezüge bekommen sollte, und das erst einmal auf unabsehbare Zeit und vor allem ohne Folgetermine bei ihr im Büro.

Als Herr Jensen zu Hause ankam, fiel sein Blick auf den Briefkasten. In diesem Briefkasten, dachte Herr Jensen, kommen nur Nachrichten an, die überhaupt nichts mit mir zu tun haben. Das sind Nachrichten aus einer Welt, in der davon ausgegangen wird, daß ich mein Leben verändern möchte, daß ich meinen Fernseher reparieren lassen will, daß ich reich bin, daß ich unglücklich bin. Wie die Realität aussieht, ist in dieser Welt vollkommen gleichgültig. Warum wollen sie unbedingt mir eine Arbeit geben, obwohl es angeblich so wenig Arbeit gibt. Ich habe nicht darum gebeten. Angeblich gibt es doch viele Menschen, die eine Arbeit suchen, warum bieten sie nicht diesen Leuten Arbeit an und lassen mich in Ruhe? Es ist eine rätselhafte Scheinwelt, aus der mich diese Nachrichten erreichen, eine Scheinwelt, in der ich nicht mehr lebe.

Mit Hilfe seines Taschenmessers schraubte Herr Jensen den Briefkasten von der Wand und warf ihn draußen in die Mülltonne.

014

Herr Jensen wird nachdenklich

Eine Zeit der Ruhe verging, in der ihn niemand störte. Er hatte geglaubt, im Verlauf einer solchen Zeit würde er ausgeglichener und ruhiger. Wenn er sich weniger dem weißen Rauschen aussetzte, vielleicht könnte er dann die Natur besser wahrnehmen. Denn die Natur war das, was blieb, wenn das weiße Rauschen weg war. Und da alle anderen nichts als das weiße Rauschen hörten, gab es vielleicht ein paar interessante Entdeckungen jenseits dieser Scheinwelt zu machen.

Zwar war Herr Jensen früher nie ein besonderer Naturfreund gewesen und hatte erst kürzlich mit dem Spazierengehen angefangen, aber er war immer ein Freund von Vogelzwitschern, Sonnenschein und dem herrlichen Geruch der Luft nach einem kräftigen Regenschauer gewesen. Nun hoffte er, Zeit und Muße zu haben und die Natur mit geschärften Sinnen besser als andere wahrnehmen zu können.

Aus einem kleinen Korn wuchs eine große Pflanze heran, nur mit Hilfe von Wasser und Luft. Im

Biologieunterricht hatten sie das als Experiment sogar auf einem Stück steriler Watte geschafft. Natürlich war ihnen im Anschluß eine schlüssige biologische Erklärung gegeben worden, aber letztlich machten die Lehrer sie ja ausschließlich auf Fragen aufmerksam, für die sie eine schlüssige Erklärung parat hielten. Außerdem, so hatte Herr Jensen herausgefunden, war das Erklären eine der grundlegenden Eigenschaften des Menschen. Es schien fester Bestandteil des menschlichen Bauplans zu sein, so wie das Essen, der Schlaf und die Vermehrung. Selbst die wundersamsten Tatsachen wurden mit kühler Gelassenheit erklärt, und kam man doch mal an das Ende der Weisheit, dann konnte es passieren, daß die ganze Erde für alle Zeit per Gesetz zu einer Scheibe erklärt wurde unter Strafandrohung für jeden, der etwas anderes behauptete.

Die aktuelle Erklärung zum Wuchs von Pflanzen ging davon aus, daß sie sich Kohlenstoffe aus der Luft holen und diese dann mittels Sonnenenergie in feste Materie umwandelten. Das alles sollte durch Gene gesteuert sein. Welches unglaubliche Wunder dieser Vorgang darstellte, kam in dem Modell nicht vor. Und, so dachte Herr Jensen weiter, das Modell ignorierte vollkommen die Möglichkeit der Individualität von Molekülen. Es wurde einfach davon ausgegangen, daß ein Chlorophyll dem anderen gleicht. Genauso gab es Tausende von Modellen über Menschen, die deren Individualität ignorierten.

Aber es bestand doch kein Zweifel daran, daß jeder Mensch ein Individuum ist, und wenn dem so war, woher sollte diese Individualität denn rühren, wenn nicht von der Individualität der einzelnen Moleküle des Menschen. Wenn also Moleküle Individuen waren, konnte man dann wirklich vorhersagen, welche Kohlenstoffmoleküle in der Luft die Verbindung mit Zuckerschoten bevorzugten und welche die Verbindung mit Kokardenblumen?

Herr Jensen hatte gehofft, durch eine innige Verbindung mit der Natur und durch nachdenkliches Schweigen, durch seine einzigartige Begabung des Zuhörens vielleicht ein paar Antworten auf seine Fragen zu finden. Daß er nicht Biologie studiert hatte und auch sonst keine theoretischen Vorkenntnisse besaß außer den wenigen, an die er sich noch aus der Schulzeit erinnerte, hielt er für einen großen Vorteil. Gerade weil er frei von theoretischem Ballast war und durch keine der gängigen Denkrichtungen und Herangehensweisen belastet, meinte Herr Jensen in der Lage zu sein, eigene, weiterführende Erkenntnisse zu gewinnen.

Aber seine Hoffnungen hatten sich nicht erfüllt. Herr Jensen war nicht ausgeglichener, sondern mißtrauischer geworden. Denn die Natur schwieg. Nachdem er alle möglichen Lärmquellen eliminiert hatte, ihn nichts mehr vom Wesentlichen ablenkte und er sich der Natur ganz und gar widmen konnte, mußte Herr Jensen überrascht feststellen, daß auch die Natur schwieg. Von den Tieren hatte er sich wenig Erleuchtung erhofft. Sie waren schon seit Tausenden von Jahren durch die Menschen korrumpiert worden. Aber wenigstens die stillen Pflanzen hatte er für die Bewahrer großer Geheimnisse gehalten. Herr Jensen hatte sich im Park auf die Wiese gelegt, war im Morgengrauen, als noch niemand unterwegs war, mit Hilfe einer Parkbank auf mächtige Bäume geklettert, hatte ganze Tage in deren Kronen zugebracht und war erst am Abend wieder heruntergeklettert. Er war sogar mit dem Zug gefahren, um durch Wälder spazieren zu können.

Schließlich hatte er sich ein Weizenfeld gesucht, weil er sich sicher war, von diesen geschundenen, unter schlimmsten Bedingungen gehaltenen Pflanzen, die nur ausgesät wurden, um schnellstmöglich von riesigen Maschinen geerntet zu werden, doch irgend etwas zu hören zu bekommen, irgendeinen Aufschrei. Diese Pflanzen mußten doch etwas zu sagen haben zu den Wesen, die ihnen das antaten. Aber mehr als das übliche Vogelzwitschern, Sonnenschein und den Geruch der Luft nach einem Regenschauer hatte er trotzdem nicht wahrnehmen können.

Obwohl er sehr enttäuscht war, hielt er diesen Zustand des Schweigens für eine sehr bemerkenswerte Erkenntnis. Offensichtlich hatte sich die Natur eine Strategie gegen Entdeckungen durch den Menschen zurechtgelegt. Es gab ein paar unbedeutende Äußerungen, die gemacht wurden, um die Menschen zu beruhigen. Aber darüber hinaus gab die Natur nichts preis.

Eigentlich funktionierte es ähnlich wie bei stillen Menschen, dachte Herr Jensen. Er kannte das von früher. Auf Partys zog man durch rigoroses Schweigen oder einsilbige Antworten die Aufmerksamkeit zahlloser Gäste auf sich. Herr Jensen hatte sich einmal in eine Ecke gestellt, um seine Ruhe zu haben, aber im Verlauf des Abends versammelten sich, wie es ihm vorkam, zum Schluß alle Gäste in seiner Ecke und wollten wissen, was mit ihm los war. Das war die sprechende Art des Schweigens. Als er aber die Frage nach dem, was er mache, wahrheitsgemäß mit »nichts« beantwortet hatte, konnten die Leute ihn nicht schnell genug stehen lassen. Das war die schweigende Art des Schweigens.

Und nun stellte er fest, daß die Natur genau auf diese schweigende Art schwieg. Er empfand diesen Zustand als durchaus bedrohlich. Ein sprechendes Schweigen hätte noch eine Art von Gesprächsangebot bedeutet, aber die völlige Verweigerung besorgte Herrn Jensen. Bei dieser Art von Schweigen war es nicht auszuschließen, daß hier etwas vorbereitet wurde – und das wäre unzweifelhaft nichts Gutes.

Herr Jensen machte sich keine Illusionen darüber, daß er seine Sorgen mit jemandem hätte teilen können. Die Leute kleisterten schließlich ihre Sinne zu, als hinge ihr Leben davon ab. »Es ist doch alles in Ordnung«, hätten sie ihm geantwortet. »Die Vögel zwitschern, die Sonne scheint.« Keiner hätte ihn verstanden. Deswegen mußte Herr Jensen besonders aufpassen, außer ihm sah ja keiner, was hier vor sich ging.

Er hörte zwar nichts von der Natur, aber er nahm andere Dinge wahr, die ihm niemals zuvor aufgefallen waren, und er bezweifelte, daß jemand anderer überhaupt darüber nachdachte, worüber er selbst nachdachte.

Zum Beispiel Schilder. Er hatte Verkehrs- und Hinweisschilder früher kaum beachtet. Nun aber, wo er nichts anderes mehr las, nahmen Schilder für ihn eine viel größere Bedeutung an. Er hatte natürlich auch erwogen, Schilder nicht mehr zu lesen, aber das war schlicht unmöglich. Er hätte alle Schilder in seiner Umgebung demontieren müssen, oder er hätte mit geschlossenen Augen durch die Straßen gehen müssen. Das wäre kindisch gewesen, gestand er sich ein. Also waren Schilder das einzige, was er las.

Dabei waren sie das Unsinnigste, was er lesen konnte. Denn Schilder sagten immer genau das Gegenteil dessen, was geschah: »Keine Hunde« war ein sicherer Hinweis darauf, daß sich diese Tiere an dem beschilderten Ort aufhielten. »Keine Beförderung ohne gültigen Fahrausweis« entsprach ebenfalls selten den Tatsachen. Und wenn Herr Jensen einen Durchgang suchte, um den Weg abzukürzen, mußte er nur den »Kein Durchgang«-Schildern folgen. Schilder enthielten keine echten Informationen, sie waren Willensbekundungen, besonders diejenigen, die schon zu Symbolen geworden waren: »Durchfahrt verboten«, »Kein Eintritt« oder »Halteverbot«. Aber wessen Willen war es eigentlich, der hier erklärt wurde? Bis auf ein paar eher lächerliche Schilder, die dazu aufforderten, sich die Schuhe abzutreten, oder über einen angeblich gefährlichen Hund informierten, war für die wesentlichen Schilder niemand mehr persönlich verantwortlich. Offensichtlich sprach hier die Gesellschaft, das System.

Warum zum Beispiel sollte man bestimmte Straßen nur in einer Richtung benutzen? Der Straßenbelag funktionierte mit Sicherheit in beide Richtungen, und wenn der Weg zu eng für zwei Autos war, hätte man sich eben einigen müssen. Aber das System wollte es anders. Das System sagte: »Nein.« Immer nur »Nein!«, »Verboten!«, »Laß das!«. Viele Ausrufezeichen. Es gab keine Schilder, die dem Menschen für seine Existenz dankten, keine Hinweise darauf, daß man sein Leben genießen solle oder welches außerordentliche Wunder die Schöpfung darstellte. Warum nur war das System so unduldsam?

Wenn aber diese Warnungen nur jemand wahrnehmen konnte, der sich anders verhielt als die anderen, so konnte das doch nur bedeuten, daß diese Warnungen nur dieser Person galten, jemandem, der seinen eigenen Weg ging. Letztendlich konnte also nur er selbst, Herr Jensen, gemeint sein.

Was er tat, war gefährlich. Selbst, daß er vieles nicht mehr tat, war gefährlich. Offensichtlich war er einer ganz großen Sache auf der Spur und wurde gewarnt, nicht tiefer zu forschen.

Nur so erklärten sich auch die häufigen, scheinbar zusammenhanglosen Aufforderungen anderer, daß er sich doch wieder einklinken sollte. Matthias, Frau Ortner und die zahllosen anderen hatten die Aufgabe gehabt, Herrn Jensen wieder auf Linie zu bringen. Ja, sogar seine eigene Mutter hatte ihn bei ihrem letzten Telefonat gedrängt, sich doch wieder einen Fernseher anzuschaffen. Daß so viele Menschen beteiligt und wohlinformiert waren, belegte für ihn, daß er unter Beobachtung stehen mußte. Er hatte keine Vorstellung davon, seit wann das Ganze lief, aber die Kette seiner logischen Folgerungen ließ keinen anderen Schluß zu.

Herr Jensen würde die Sache nicht aus den Augen lassen. Die Frage war, was er nun tun konnte.

015

Herr Jensen demonstriert

Die einzige Möglichkeit, etwas zu bewegen, dachte Herr Jensen, bestand darin, an die Öffentlichkeit zu gehen. Er müßte eine Demonstration machen, um sich etwas Luft zu verschaffen, um zu zeigen, daß er sich nicht einschüchtern ließ, nicht aufgeben würde. Ihm lag jedoch nichts an lauten Parolen auf großen Transparenten, die man zwar einerseits hochhalten und anderen damit seine Meinung zeigen konnte, die aber andererseits auch eine Drohgebärde darstellten, weil ihre Träger sie an großen Holzstöcken umhertrugen. In der Vergangenheit waren solche Holzstöcke schon tausendmal auf diejenigen Köpfe heruntergefahren, die den Parolen auf den Transparenten nicht zustimmen wollten. Solche Schilder fand Herr Jensen letztlich auch nicht besser als die Schilder, die überall auf den Straßen herumstanden. Anders, aber nicht besser.

Ebenso wie Transparente verabscheute Herr Jensen Menschenaufläufe. In Menschenaufläufen bildete sich nach kurzer Zeit eine Art Einheitsmeinung, die dominiert war von der Hauptmeinung des

Tages und in der die kleinen, interessanten Nebenmeinungen untergingen. Am traurigsten war dabei, daß sich die ehemaligen Träger der Nebenmeinungen nach kürzester Zeit in einem Menschenauflauf zufrieden mit der Einheitsmeinung zeigten und sich einbildeten, daß es die ihre sei. Meinungen brauchen vermutlich einen gewissen Mindestabstand voneinander, dachte Herr Jensen. Ein Auflauf vieler Menschen wäre also das genaue Gegenteil von dem gewesen, wofür er demonstrieren wollte.

Mit einer gewöhnlichen Demonstration würde Herrn Jensens Kundgebung nichts zu tun haben. Aber er sah es als eine Geste reiner Fairneß an, anderen zu zeigen, daß es noch Alternativen gab. Er hielt es für seine Pflicht, zu warnen vor den Dingen, die passierten. Herr Jensen wollte zeigen, daß es auch anders ging, daß man unter Umständen gerade dadurch viel bewegte, daß man nichts tat. Darin hatte er genug Erfahrung. Aber er wollte sich unterscheiden von den besoffenen Predigern der Abstinenz, den übergewichtigen Verfechtern der Enthaltsamkeit. Er dachte lange über sein Vorhaben nach. Nach vielen verworfenen Plänen, geänderten Strategien und verfeinerten Entwürfen glaubte Herr Jensen schließlich, den richtigen Weg gefunden zu haben.

Am großen Tag schlief er sich aus und machte später noch einen ausgedehnten Mittagsschlaf. Nachts ging er gestärkt ins Stadtzentrum. Nachts, dachte er, ist der Lärm nicht so groß. Wenn man etwas hören will, dann kann man nachts etwas hören. Und wer nachts nicht schlafen kann, sucht vielleicht nach anderen Wegen und ist möglicherweise bereit anzuhören, was ich zu sagen habe. Nachts war die richtige Zeit. Herr Jensen sah auf seine Uhr. Es war kurz vor zwölf, und um Mitternacht, in der Mitte der Nacht und zwischen den Tagen, wollte er seine Demonstration beginnen. Er stellte sich vor dem Rathaus auf und wartete. Zwei Polizisten mit Funkgeräten und Waffen am Gürtel traten frierend auf der Stelle und warfen ihm argwöhnische Blicke zu. Herr Jensen war sehr zufrieden. Es funktionierte von Anfang an. Meine Demonstration hat nicht einmal begonnen, und schon gewinne ich ihre Aufmerksamkeit. Offensichtlich werden sie nervös.

Genau um null Uhr lief er los. Mit gemessenem Schritt lief er genau viermal vom Ostportal des Rathauses zum Westportal. Ost und West, West und Ost. Viermal in einer Minute. Hin und her. Jetzt, dachte Herr Jensen, werden sie richtig nervös. Er konnte sich nicht vorstellen, daß vor ihm schon jemand deutlicher auf die Absurdität dieses Scheinproblems von Himmelsrichtungen hingewiesen hatte. Wenn das große Kreise zieht, dann müssen sie sich warm anziehen. Ost und West, West und Ost. Dann drehte er sich nach links und ging, wie zum Hohn, von Nord nach Süd. Die Polizisten wurden unruhig, Herr Jensen lief weiter. Ein lautes

Geschrei, Tausende von Menschen und Bilder, die man später im Fernsehen zeigen konnte, das hätten sie gern gehabt, dachte Herr Jensen. Aber gerade seine stille Kundgebung machte sie nervös. Und daß er beobachtet wurde, daran hatte er keinen Zweifel. Er ging direkt hinüber zur großen Druckerei und von dort an einer Bank vorbei. Die Macht der Medien, die Macht des Geldes. Gleich weiter zu einem Kindergarten, der im Hinterhof eines baufälligen Hauses lag. Geld und Macht, aber nicht für Kinder. Ich muß verdammt aufpassen, dachte Herr Jensen. Das hier ist eine riesige Provokation. Sie ziehen ihre Schlußfolgerungen, ich greife sie an. Aber bisher sind sie noch ruhig, sie sammeln Informationen.

Herr Jensen lief die ganze Nacht. Er hatte sich eine ausgeklügelte Route zurechtgelegt, die er zielstrebig verfolgte. Und doch bemühte er sich zu schlendern, nichts preiszugeben. Wenn ihn jemand angesprochen hätte, dann hätte er nichts Verbotenes getan. Nur ein bißchen herumlaufen, mehr nicht. Klar, sie wußten, was läuft, und er wußte, was läuft. Aber sie konnten ihm nichts nachweisen. Herr Jensen lief von einem kleinen Geschäft zur Filiale der großen Ladenkette, weiter zu den großen Werbetafeln, weiter zum Krankenhaus, weiter ins Villenviertel, weiter in den ärmsten Teil seiner Stadt. Kaum ein Fenster war noch beleuchtet, nur selten begegnete er anderen Menschen. Aber wer will, kann mich verstehen, dachte er. In der Altstadt beschimpften ihn ein paar Betrunkene und suchten Streit. Herr Jensen ging nicht darauf ein und setzte einfach seinen Weg fort. Immer wieder sah Herr Jensen Polizei, was kein Zufall sein konnte. Sie fuhren in ihren Autos an ihm vorbei, patrouillieren in der Ferne. Der Arm des Gesetzes, dachte Herr Jensen.

Als die Sonne aufging, trat er den Heimweg an und legte sich ins Bett. Das war das Ende seiner Demonstration. Alles hatte genauso funktioniert, wie Herr Jensen es sich vorgestellt hatte. Seine Planung war aufgegangen. Wer es jetzt nicht verstanden hat, dachte Herr Jensen, dem kann ich auch nicht mehr helfen. Ich habe alles gegeben. Zufrieden lächelnd schlief er ein.

016

Herr Jensen spürt Auswirkungen

Als er an dem Nachmittag nach seiner Demonstration aufwachte, war er froh, so viel erreicht zu haben. Herr Jensen öffnete die Haustür und hielt einen kurzen Moment inne, bevor er auf die Straße trat. Er blinzelte ins Sonnenlicht. Mit der Hand schützte er seine Augen vor der Helligkeit und blickte links und rechts die Straße hinunter, um zu sehen, ob sich durch seine gestrige Kundgebung etwas verändert hatte. Es war nichts zu bemerken, aber das wäre zu diesem Zeitpunkt auch zuviel verlangt. Herr Jensen ging erst einmal einkaufen.

Es war ein besonderer Tag, nur deshalb vermied er das Gespräch mit Herrn Boehm nicht. An einem anderen Tag hätte er sich sogar die Mühe gemacht, die Straßenseite zu wechseln, um einer Begegnung mit seinem alten Chef aus dem Weg zu gehen. Aber heute spielte es keine Rolle. Er war so in Gedanken versunken, daß er Herrn Boehm gar nicht bemerkte, bis dieser ihn plötzlich vor dem Joghurtregal ansprach. Herr Jensen konzentrierte sich gerade darauf, einen Joghurt auszusuchen, der möglichst nur Milch enthielt.

»Jensen?« Sein alter Chef hörte sich einigermaßen erstaunt an.

»Herr Boehm«, sagte Herr Jensen überrascht. »Wie geht es Ihnen?« Eigentlich war seine Frage nicht aufrichtig, dachte Herr Jensen, denn es interessierte ihn nicht, wie es Herrn Boehm ging.

»Danke. Muß ja, muß«, antwortete Herr Boehm. Er hatte immer noch die irritierende Angewohnheit, jedesmal wenn er gesprochen hatte, scharf einzuatmen. »Und Ihnen?«

»Ich muß gar nichts mehr«, sagte Herr Jensen.

»Ah ja«, sagte Boehm beflissen und schaute verständnislos. Nach einer Pause fragte er: »Und, haben Sie auch gehört? Schlimm, finden Sie nicht?«

»Was?« fragte Herr Jensen erschrocken zurück.

»Na, im Fernsehen, Radio.«

Hatten sie seine Demonstration doch ins Fernsehen gebracht? Wie sollte er sich verhalten? Sollte er nachfragen, um zu sehen, was sie berichteten? Nein, das wäre das Dümmste, was er tun könnte, das wäre genau, was sie wollten.

»Na, in den Nachrichten«, sagte Herr Boehm noch einmal, als hätte Herr Jensen ihn nicht verstanden. »Es läuft doch seit Tagen nichts anderes.«

»Seit Tagen?«

»Ja, diese schreckliche Katastrophe.«

»Ach so, nein. Ich sehe überhaupt keine Nachrichten mehr.« Herr Jensen lächelte.

»Aber diese Katastrophe. Ich kann gar nicht verstehen, wie jemand das nicht mitbekommen soll. Wir haben auf der Arbeit gesammelt, praktisch alle haben etwas gegeben.«

»Hier ist nichts passiert«, sagte Herr Jensen ruhig.

»Wie können Sie das sagen?« Herr Boehm schien außer sich. »Haben Sie den Minister gesehen? Man hätte glauben können, daß der Mann gleich zu weinen anfängt. Unser ganzes Land, die ganze Welt hat sich verändert.«

»Also das ganze Land auf keinen Fall«, widersprach Herr Jensen. »Hier ist seit Monaten alles so wie immer. In den Läden gibt es praktisch dasselbe zu kaufen. Ein paar Leute ziehen weg, ein paar Leute ziehen ein, die meisten bleiben hier wohnen. Und einen Minister habe ich hier noch nie gesehen. Ich bin mir nicht mal sicher, ob ich ihn erkennen würde. Es ist eine ganze Weile her, und die wechseln ja auch häufig.«

»Jensen, ich bitte Sie«, Herr Boehm war entsetzt. »Wir leben doch nicht auf einer Insel der Seligen. Wir sind Teil dieser Welt, heute mehr denn je.«

»Das weiß ich nicht, Herr Boehm, ich wäre mir da nicht so sicher«, sagte Herr Jensen. »Können Sie mir zum Beispiel sagen, was für Bäume draußen auf der Straße stehen und wann die blühen?«

Herr Boehm schüttelte verwirrt den Kopf.

»Oder können Sie mir auch nur beschreiben, wie das Zifferblatt Ihrer eigenen Uhr aussieht, ohne daß Sie vorher noch einmal draufsehen?«

Herr Boehm schien kurz nachzudenken, schüttelte dann aber noch einmal den Kopf.

»Und da wollen Sie mir sagen, daß Sie Teil dieser Welt sind?« fragte ihn Herr Jensen ungläubig.

»Hören Sie, Jensen«, schnaufte Boehm. »Die Baumarten auf der Straße oder meine Uhr sind mir egal, wenn irgendwo auf der Welt Hunderte von Menschen auf fürchterliche Weise sterben.«

»Aber woher wissen Sie denn, daß dieses Unglück wirklich passiert? Wenn sich nicht alles geändert hat, seitdem ich nicht mehr dabei bin, sind doch die Fernsehbilder der angeblich echten Katastrophen viel weniger überzeugend als die Fernsehbilder der angeblich inszenierten Katastrophen. Und Sie glauben ernsthaft, das beurteilen zu können, obwohl Sie nicht einmal etwas beschreiben können, das Sie jeden Tag am Handgelenk tragen?«

»Ja, der Herr Jensen, immer noch ganz der alte«, sagte Herr Boehm und blickte ihn von unten an. War das so eine Floskel, wenn Herr Boehm »ganz der alte« sagte, oder wollte er vom Thema ablenken, fragte sich Herr Jensen im stillen.

»In Wirklichkeit, Herr Boehm, bin ich ganz und gar nicht mehr der alte. Aber wenn es Ihnen gefällt, dann sehen Sie mich einfach so, wie Sie das für richtig halten. Es ist bestimmt leichter für Sie.«

»Mal ganz was anderes, Jensen. Es ist wirklich ein glücklicher Zufall, daß ich Sie treffe. Wir haben nämlich momentan ein paar Engpässe in der Zustellung, und da wollte ich Sie fragen, was Sie davon halten würden, mal wieder in Lohn und Brot zu kommen? Natürlich erst mal nur vorübergehend«, setzte er hinzu und sah Herrn Jensen an, als müßte dieser ihn gleich umarmen.

»Wer schickt Sie?« fauchte Herr Jensen ihn überraschend an.

»Wie bitte?«

»Ich frage, wer Sie schickt. Das ist doch alles kein Zufall, hier in der Kaufhalle, einen Tag nach meiner Demonstration, am Joghurtregal und dann wieder diese Anspielungen auf das Fernsehen. Ich will endlich wissen, was los ist.«

Herr Boehm bemühte sich, Herrn Jensens Griff an seinem Jackenkragen zu lösen. »Jensen, ich bitte Sie, was ist denn los? Ich habe Ihnen doch nur einen Job angeboten.«

»Tun Sie doch nicht so harmlos, *Herr* Boehm. Einen Job? Interessant. Was wollen Sie mir denn *noch* anbieten? Ein Auto, eine Frau? Wie weit dürfen Sie gehen? Es ist Ihnen alles ein bißchen weit gegangen, nicht wahr? Sie hätten nicht gedacht, daß ich soweit kommen würde? Und jetzt wollen Sie mich wieder zurückholen. Aber dafür ist es zu spät,

Boehm. Sagen Sie denen das. Sagen Sie, Jensen ist ausgestiegen und steigt nie wieder ein.«

Mit letzter Kraft machte sich Herr Boehm los. Ohne noch etwas zu sagen, griff er seinen Einkaufswagen und entfernte sich eilig. Dabei schaute er sich ein paarmal ängstlich um, ob Herr Jensen ihm folgte. Der aber lächelte mit grimmiger Zufriedenheit in sich hinein und wandte sich dann wieder den Joghurts zu.

017

Herr Jensen schränkt sich ein

Die Begegnung mit Herrn Boehm begriff Herr Jensen als Warnung. Offensichtlich war er mit seiner Demonstration zu weit gegangen, jetzt kamen sie ihm näher. In der Hoffnung, daß er dabei von ihren Überwachungssystemen nicht erfaßt wurde, kaufte er sich in einem weit entfernten Teil der Stadt, gar nicht so weit von dem Ort, wo sein ehemaliges Schulungszentrum lag, ein neues Türschloß, das er noch am selben Abend montierte.

Seine Jalousien aus lackiertem Metall waren rund um die Uhr heruntergelassen. Die Schlösser der Wohnungstür kontrollierte er nahezu stündlich; wenn sie ihn hier in seiner Wohnung erwischten, dann würde niemand etwas mitbekommen, keiner ihm helfen können.

Steckdosen, denen er sein Leben lang keine Beachtung geschenkt hatte, grinsten ihn jetzt förmlich in jedem Zimmer an. Man konnte über die Stromleitungen riesige Mengen Computerdaten in jede Wohnung transportieren, warum also sollte das nicht auch andersherum funktionieren, fragte er sich immer häufiger. Türschlitze, Gasleitungen, selbst die kleinen Bohrungen in den Lamellen seiner Jalousien, durch die die Aufhängefäden liefen, und natürlich die Schlüssellöcher in den Wohnungstüren, überall sah er vermeintliche Schwachstellen.

Es gab auch keinen guten Grund mehr, anderen die Wohnungstür zu öffnen. Einmal stand seine Mutter eine Weile im Hausflur oder zumindest eine Frau, die durch den Türspion seiner Mutter ähnelte. Er beobachtete, wie sie wieder und wieder bei ihm klingelte. Er machte das Licht im Flur nicht an, damit die Frau ihn nicht bemerkte. Sie sah nicht gut aus, irgendwie verhärmt. Nachdem sie endlich aufgab, schob er das kleine, runde Metallplättchen, das an einem Nagel befestigt war, wieder sorgsam über die Öffnung des Türspions.

Er selbst verließ seine Wohnung nur noch selten und kurz. Die dringend notwendigen Expeditionen plante er gründlich. Dann lief er so schnell er konnte, ohne aufzufallen, raffte die nötigen Lebensmittel zusammen und kehrte schnellstmöglich in die Wohnung zurück. Hatte er die Einkäufe verstaut, untersuchte er alle Fenster und die Eingangstür gründlich auf Einbruchsspuren.

Wenn er seine Wohnung tagelang nicht verließ, wußte er häufig nicht mehr, ob es Tag war oder Nacht. Die meiste Zeit saß er in seinem Sessel und starrte dorthin, wo seit langem nichts mehr war. Es war sein stiller, letzter Triumph über die Scheinwelt.

018

Herr Jensen gibt auf

Woher die Männer gekommen waren, konnte er beim besten Willen nicht sagen. Sie standen auf einmal in seiner Wohnung, mitten im Wohnzimmer. Das heißt, zwei der Männer standen im Wohnzimmer, ein dritter wartete noch in der Tür neben einer Frau, die sie begleitete. Die Männer wirkten kräftig und blickten ihn nur an, während die Frau auf ihn einredete.

Herr Jensen hörte aber nicht, was sie sagte. Er grübelte darüber nach, ob möglicherweise er selbst diesen Personen die Wohnungstür geöffnet haben könnte. Es kam ihm unwahrscheinlich vor, aber die Selbstverständlichkeit, mit der sich diese Fremden in seiner Wohnung aufhielten, ließ ihn stutzen. Hätten sie die Tür aufgebrochen oder sich mit einem nachgemachten Schlüssel Zutritt verschafft, dann hätten sie sich jetzt doch eigentlich anders verhalten müssen. Sie hätten ihn bedrohen, ihm sein Geld und seine Wertgegenstände rauben müssen. Oder sie hätten fliehen können. Sie benahmen sich nicht wie gewöhnliche Kriminelle.

Möglicherweise mache ich selbst auch etwas falsch, dachte er. Vielleicht hätte ich ans Telefon springen sollen, um die Polizei anzurufen. Vielleicht hätte ich erschrocken gucken oder laut um Hilfe schreien sollen. Wahrscheinlich hätte ich nicht einfach in meinem Sessel sitzen bleiben und die Leute anstarren sollen.

Aber er war einfach nicht überrascht genug, um irgend jemandem Erstaunen vorzuspielen. Seit Wochen wußte er, daß etwas los war und daß etwas bevorstand. Zwar hätte er es nicht genauer benennen können, aber er erwartete jeden Tag, daß es geschah. Nun war wohl der Moment gekommen. Auch wenn es ganz offensichtlich kein schöner Moment war, so verspürte er doch die Erleichterung, daß das Warten darauf endlich vorbei war. Sie haben Glück, daß ich keine Termine mehr habe, dachte er.

»Wir haben Hinweise bekommen, daß es Ihnen möglicherweise nicht gutgeht. Leider haben Sie auf keines unserer Schreiben geantwortet.« Die Frau sprach mit ruhiger, sachlicher Stimme.

»Ich habe auf keines Ihrer Schreiben geantwortet, weil ich kein Schreiben von Ihnen bekommen habe«, antwortete er.

»Wir haben Sie aber mehrfach schriftlich eingeladen, zu uns ins Büro zu kommen. Ich habe Kopien unserer Schreiben hier in meiner Akte. Nach meinen Unterlagen hat sich Ihre Adresse doch seit langem nicht geändert.« Sie suchte in ihrer Akte herum.

»Aber ich erhalte keinerlei Schreiben mehr. Weder von Ihnen noch von sonst irgend jemandem. Sehen Sie, ich habe keinen Briefkasten mehr.«

»Ach ja«, sagte die Frau.

»Ich habe mich auch schon gefragt, was die Kollegen mit meinen Briefen machen. Wahrscheinlich stempeln sie die mit ›Unbekannt verzogen‹. Das ist das einfachste in der vorliegenden Situation, ich hätte es auch so gemacht. Jedenfalls bringen sie mir keine Post nach oben. Ich erhalte keinerlei Schreiben. Zum Glück.«

»Und warum haben Sie keinen Briefkasten?« fragte die Frau.

»Ich habe ihn weggeschmissen. Die Nachrichten aus dem Briefkasten gehen mich nichts mehr an. Sie kommen aus einer Scheinwelt, in der ich nicht lebe. Und ich wollte nicht wie andere Menschen sozusagen einen Altar für diese Scheinwelt unterhalten. Sie wissen schon: das erste Gebot und so weiter.«

»Ja«, sagte die Frau zögernd. »Das ist wahrscheinlich einer der Gründe, warum sich bestimmte Menschen Sorgen um Sie machen. Denn die Frage ist, ob Ihre Hypothese mit der Scheinwelt stimmt.«

»Wissen Sie, für mich steht das zweifelsfrei fest. Ich würde mich an Ihrer Stelle lieber fragen, ob Ihre Hypothese über die Welt stimmt.«

»Ich will mich mit Ihnen darüber nicht streiten. Aber wir haben Hinweise erhalten, daß Ihr Verhalten in letzter Zeit einfach etwas merkwürdig geworden ist. Und deshalb würde ich Sie bitten, mit uns mitzukommen.«

Die Männer hatten die ganze Zeit über regungslos dem Gespräch gelauscht. Nun machten sie plötzlich eine Bewegung auf ihn zu, Herr Jensen zuckte zusammen, doch die Frau machte eine Handbewegung, und die Männer blieben wieder stehen.

»Wissen Sie«, sagte er. »Ich finde es schon sehr eigenartig. Sie kommen mit drei Männern in meine Wohnung, in der ich ganz friedlich in einem Sessel sitze. Ich kenne weder Sie noch einen der drei Herren, dennoch wollen Sie mir weismachen, daß mein Verhalten in letzter Zeit merkwürdig geworden sei. Wir kennen uns überhaupt nicht. Aber wenn man aus unserer einzigen bisherigen Begegnung, nämlich der momentanen, Schlußfolgerungen ziehen möchte, sind Sie sicher nicht in der Position, solche Urteile zu fällen. Denn ich sitze in meinem Sessel, und Sie sind mit drei Männern in meine Wohnung eingedrungen und wollen mich irgendwohin mitnehmen.«

»Sie haben ja recht, die Situation ist sehr unglücklich«, erkannte die Frau an. »Wir haben aber sehr lange versucht, es anders zu lösen. Tun Sie mir bitte den Gefallen und kommen Sie mit uns mit. Das ist für alle Beteiligten die sinnvollste Lösung.«

»Aber warum um alles in der Welt sollte ich mit Ihnen mitkommen?« fragte Herr Jensen.

»Um Gefahren von sich selbst und anderen abzuwenden.«

»Wenn Sie das wollen, dann lassen Sie mich einfach hier sitzen. Oder stelle ich eine Gefahr dar, wenn ich in meinem Sessel sitze und nichts tue?« Er blickte die vier herausfordernd an.

»Natürlich nicht«, gab die Frau zu. »Aber auf lange Sicht gefährden Sie sich selbst mit diesem Verhalten.«

»Das ist doch blanker Unsinn«, widersprach er. »Oder wollen Sie darauf hinaus, daß die meisten Unfälle in der eigenen Wohnung passieren und ich deshalb mehr vor die Tür gehen sollte? Dann hätten Sie aber sehr viel zu tun, weil dieses Problem ja wahrscheinlich sehr viele Leute betrifft. Oder wirke ich auf Sie irgendwie gefährlich?«

»Momentan nicht, aber Ihr Verhalten gibt Anlaß zur Sorge. Sie sollen andere Menschen angegriffen haben.«

»Was für Menschen?«

»Das ist natürlich vertraulich, ich darf Ihnen den Namen nicht sagen.«

»Ach, sicher Boehm«, sagte er. »Boehm hat mich zuerst angegriffen, indem er mich bei der Auswahl meiner Lebensmittel störte. Ich habe mich nur gewehrt. Es war Notwehr.«

»Und was, wenn Sie das noch mal machen?« fragte die Frau.

»Nein, ich verspreche Ihnen, daß ich so etwas

nicht mehr tun werde. Nie wieder, das schwöre ich feierlich. Und jetzt gehen Sie bitte. Auch wenn es für Sie nicht so aussehen mag, ich habe noch viel zu tun.«

Die Frau blickte ratlos die Männer an, die ebenso ratlos zurückschauten und dann mit den Schultern zuckten.

»Wenn wir jetzt gehen sollten«, sagte sie schließlich, »dann werden wir Sie auf jeden Fall im Auge behalten.«

»Das ist mir vollkommen klar«, antwortete er.

Einen Moment lang war es sehr still.

»Nun gut. Gehen wir«, sagte die Frau endlich.

Herr Jensen lächelte.

Nachdem sie seine Wohnung verlassen hatten, wartete er noch einen Augenblick. Dann stand er auf, suchte einen Schraubenzieher aus der Werkzeugkiste im Flur und entfernte das Namensschild von seiner Tür.

Jakob Hein
Mein erstes T-Shirt
Mit einem Vorwort von Wladimir Kaminer. 152 Seiten. Serie Piper

Fernsehuhren mit und ohne Striche, die erste Liebe, das erste T-Shirt – hintersinnig und witzig erzählt Jakob Hein von Jakob Hein, einem Jugendlichen im ganz normalen Wahnsinn der letzten DDR-Jahre: ein Alltag unter verschärften Bedingungen und voll der Sehnsucht nach Cola, Netzhemd, Westfernsehen und stilvollen Besäufnissen mit Kuba-Rum in sturmfreien Partybuden. Hier hat sich einer gekonnt den verordneten Grenzen entzogen und seine Freiheit gewahrt.

»Er hat als versierter Stolperer einen Sinn für Situationskomik und versteht es, im Alltäglichen die schrägen Momente zu entdecken.«
Süddeutsche Zeitung

Jakob Hein
Formen menschlichen Zusammenlebens
160 Seiten mit 30 Farbfotos des Autors. Serie Piper

Schon mit zwölf, als er noch mit Taschenlampe unter der Bettdecke gelesen hat, wollte Jakob Hein nach Amerika, in die Heimat dicker Burger und schlechter Biere. Vom real date bis zum blind date, von New York nach San Francisco studiert er zwei Jahrzehnte später amerikanische Kühlschrankinhalte, Mitbewohner und die merkwürdigsten Formen menschlichen Zusammenlebens.

»Jakob Hein weiß, daß die Verteidigung der Naivität seine einzige Chance ist und den Charme seiner Prosa ausmacht. Er erzählt leicht, locker und mit Sinn für Skurrilität.«
Frankfurter Allgemeine Zeitung

SERIE PIPER

Jakob Hein
Vielleicht ist es sogar schön
176 Seiten. Serie Piper

Hätte er die Zeit gehabt nachzudenken, Jakob Hein hätte seiner Mutter nur diesen Satz gesagt: »Stirb nicht, es ist doch viel zu früh.« Er hat es nicht getan. Über die Erinnerung an sie und die gemeinsamen Erlebnisse stellt er noch einmal die alte Nähe zu ihr her. »Vielleicht ist es sogar schön« ist klug, wütend und tröstlich zugleich. Jakob Hein erzählt die Geschichte eines langsamen Abschiedes und verbindet die literarische Erinnerung an seine Mutter mit dem Porträt einer außergewöhnlichen Familie.

»Immer berührend, nie pathetisch, immer würdig, nie weihevoll.«
Stern

Jakob Hein
Antrag auf ständige Ausreise
Mythen der DDR. 160 Seiten mit 30 Illustrationen von Atak.
Serie Piper

Erich Honecker wollte seine sozialistische Heimat in Richtung Westen verlassen und soll dazu einen förmlichen Ausreiseantrag gestellt haben? Im legendären Transitabkommen hat es eine teuflische Geheimklausel gegeben, nach der die DDR westdeutsche Kinder bei Verlassen der Transitautobahn automatisch zur Adoption freigeben durfte? Die Geschichte der Deutsche Demokratischen Republik steckt voller unglaublicher Geschichten – die unerhörtesten davon versammelt der Schriftsteller und gebürtige Leipziger Jakob Hein in diesem Buch!

»Das ist ein Schreiben, das auf der Achse Robert Gernhardt, Eckhard Henscheid, Max Goldt liegt.«
Tagesanzeiger

Annette Pehnt
Ich muß los
Roman. 125 Seiten. Serie Piper

»Dorst schob seinen Einkaufswagen von hinten sachte in Elners Hüfte. Elner drehte sich um, in der Hand eine frostige Spinatpackung. Ach nein, sagte sie und ließ den Spinat sinken. Der spanische Sekt ist im Sonderangebot, sagte Dorst, legte den Kopf schräg und wartete.« Unergründlich und scheu ist er, der Held in Annette Pehnts kraftvollem erstem Roman. Er läuft in den schwarzen Anzügen seines toten Vaters herum, erzählt als selbsternannter Reiseführer von Limonadebrunnen und Honigfrauen. Seine Phantasie ist grenzenlos, die Nähe zu anderen nicht. Vor allem nicht die zu seiner Mutter und ihrem neuen Freund. Erst als Dorst die junge Elner trifft, scheinen seine Zurückhaltung und seine Rastlosigkeit ein Ende zu finden. Lakonie und leiser Humor vereinen sich in Annette Pehnts Roman zu einer traurig-schönen Geschichte über einen jungen Mann und seine Verbindung zur Welt.

Annette Pehnt
Insel 34
Roman. 192 Seiten. Serie Piper

»Ich habe nie so getan, als ob ich die Insel kenne, und ich bin die einzige, die wirklich hinfahren wollte.« Die Inseln vor der Küste sind numeriert, und niemand ist jemals auf der Insel Vierunddreißig gewesen – nur die eigenwillige Ich-Erzählerin in Annette Pehnts zweitem Roman verspürt ihren rätselhaften Sog. Selbst Zanka, der nach Vanille und Zigaretten riecht und sie in die Liebe einweist, kann sie nicht von der Suche nach ihrem Sehnsuchtsort abhalten. Endlich möchte sie das Leben spüren...

»Die bezaubernd schillernde Geschichte einer Heranwachsenden, die ihren Sehnsuchtsort findet.«
Die Zeit

SERIE PIPER

Annette Pehnt
Herr Jakobi und die Dinge des Lebens
96 Seiten mit 46 zweifarbigen Illustrationen von Jutta Bauer. Serie Piper

Er backt sein Brot selbst und schiebt nachts sein Fahrrad spazieren. Er liebt den Regen, aber seinen grellgrünen Schirm, den braucht er nicht. Und beim Rudern stören ihn höchstens die Ruder: Der kleine Herr Jakobi nähert sich den Dingen des Lebens auf seine Art. Charmant und eigenwillig illustriert von Jutta Bauer, erzählen die achtundzwanzig unvergeßlichen Episoden eines einfallsreichen Kauzes in Wirklichkeit von unserem Leben – und machen uns heiter und nachdenklich zugleich.

»In dem von Jutta Bauer wunderbar illustrierten Band von Annette Pehnt begegnen wir einem liebenswerten Einzelgänger, den man sofort ins Herz schließt.«
Neue Presse

Dietmar Bittrich
Dann fahr doch gleich nach Hause!
Wie man auf Reisen glücklich wird. 160 Seiten. Serie Piper

Ein wunderbares Trostbuch für Urlauber über die schrecklichen Erlebnisse, die jede Reise unwillkürlich mit sich bringt: besetzte Liegen am Pool, lärmende Hotelnachbarn sowie Mitreisende, die mit ihrer Drängelei die Seilbahn ins Schwanken bringen. Dietmar Bittrich kennt sie alle, die kleinen und großen Tücken des Reisealltags – von ungenießbaren Landesspezialitäten bis zu den Warteschlangen vor Sehenswürdigkeiten, die man zu Hause garantiert links liegen lassen würde.

»Lustig im Stil, aber gnadenlos in der Sache, hält Bittrich dem Reisenden einen Spiegel vors Gesicht. Am Ende ist man erschöpft vor Lachen, entsetzt über sich selbst und mit dem Autor einer Meinung: Für achtzig Prozent aller Reisenden ist die Rückkehr das glücklichste Erlebnis des Urlaubs.«
Welt am Sonntag

Radek Knapp
Herrn Kukas Empfehlungen
Roman. 251 Seiten. Serie Piper

Ein Reisebus wie ein umgestürzter Kühlschrank, voll mit Wodka und Krakauer Würsten – und mittendrin Waldemar, der sich auf Empfehlung seines Nachbarn Herrn Kuka auf den Weg nach Wien gemacht hat. Was den angehenden Frauenhelden im goldenen Westen erwartet, erzählt der Aspekte-Literaturpreisträger Radek Knapp in seinem Romandebüt so vergnüglich, daß man das Buch nicht aus der Hand legt, ehe man das letzte Abenteuer mit Waldemar bestanden hat.

»Mit hintergründigem Humor erzählt Knapp von erotischen und kapitalistischen Versuchungen, läßt seinen Helden von ›regelmäßigem Steinzeitsex‹ delirieren und in böse Fallen tappen – und zimmert aus den Verwirrungen des Zauberlehrlings Waldemar eines der unterhaltsamsten und durchtriebensten Bücher der Saison.«
Der Spiegel

Radek Knapp
Papiertiger
Eine Geschichte in fünf Episoden.
160 Seiten. Serie Piper

Der Sinn des Lebens macht Walerian zu schaffen und läßt ihn immer wieder zu unerwarteten Mitteln greifen. Kein Wunder, denn mit dreißig Jahren sucht er zwar nach seiner Berufung, hat aber kein Ziel vor Augen – und erst recht keinen Plan. Vielleicht sollte er schreiben? Vorerst schlägt er sich mit Gelegenheitsjobs durchs Leben: als Krankenpfleger oder Weihnachtsengel. Doch von einem Tag auf den anderen ändert sich alles – sein Manuskript wird zum Hit der Saison und Walerian plötzlich zum gefragten Mann. Aber ist schaler Erfolg seine wahre Berufung? »Papiertiger« ist die tragikomische Geschichte eines Optimisten, der vorübergehend zum Realisten wird.

»Mit wunderbar leichter Hand und schelmenhaftem Witz zeichnet Radek Knapp in fünf Episoden ein luftiges Bild seines Antihelden.«
Berner Zeitung

SERIE PIPER

François Lelord
Hectors Reise oder die Suche nach dem Glück
Aus dem Französischen von Ralf Pannowitsch. 208 Seiten.
Serie Piper

Es war einmal ein ziemlich guter Psychiater, sein Name war Hector, und er verstand es, den Menschen nachdenklich und mit echtem Interesse zuzuhören. Trotzdem war er mit sich nicht zufrieden, weil es ihm nicht gelang, die Leute glücklich zu machen. Also begibt sich Hector auf eine Reise durch die Welt, um dem Geheimnis des Glücks auf die Spur zu kommen.

»Wenn man dieses Buch gelesen hat – ich schwöre es Ihnen – ist man glücklich.«
Elke Heidenreich

François Lelord
Hector und die Geheimnisse der Liebe
Aus dem Französischen von Ralf Pannowitsch. 240 Seiten.
Serie Piper

Auf seiner Reise wird der junge Psychiater Hector zum Abenteurer des Herzens. Er spürt einem Professor nach, der das Geheimnis der Liebe entschlüsselt haben will. Dabei entdeckt er, wie kompliziert die Liebe sein kann: Kann man nicht für immer verliebt bleiben? Warum liebt manchmal der eine mehr als der andere? Und Hector entdeckt, daß allein die Liebe – für alle Zeit und wo immer wir leben – die Macht haben wird, unsere tiefsten Sehnsüchte zu stillen.

»Eine tiefsinnige Geschichte, die mit klugen Einsichten zum Thema Liebe überrascht.«
Gala

Uwe Böschemeyer
Das Leben meint uns
111 Ermutigungen für Paare.
166 Seiten. Serie Piper

Der Streit ums Geld, ein kleiner Konflikt beim Autofahren, der vergessene Geburtstag, die unfreundliche Bemerkung am Morgen – oft beginnt damit die Krise in einer Beziehung. Doch, so der erfahrene Psychotherapeut Uwe Böschemeyer, fast jede Krise ist auch eine Chance. Wenn Paare nach den Zielen eines gemeinsamen Lebens fragen, ist ein Neubeginn möglich. In nachdenklichen Texten, Fallgeschichten und kleinen, sofort einleuchtenden Alltagsszenen zeigt der Autor die Probleme und Ziele einer Beziehung. 111 Ermutigungen für Paare.

»Auf der nach oben offenen Qualitätsskala der Beratungsbücher belegt das Buch einen Spitzenplatz.«
www.wissen.de

Andrea Paluch, Robert Habeck
Der Tag, an dem ich meinen toten Mann traf
Roman. 176 Seiten. Serie Piper

»Bin ich sicher, daß Robert tot ist? Ich bin sicher, daß es den Mann, mit dem ich mein Leben geteilt habe, nicht mehr geben kann.« – Und doch steht er vor Helene. Jemand, der Robert bis aufs Haar gleicht. Kann es wirklich Robert sein? Ein Liebesroman wie kaum ein anderer. Klug und originell erzählt er von einer jungen Frau, die ihrer einzigen Liebe ein zweites Mal begegnet.

»Das Autorenehepaar Andrea Paluch und Robert Habeck hat virtuos ein dichtes Netz gewebt.«
NDR Kulturfunk

SERIE PIPER